Dezember 85

Über dieses Buch Aragon schildert in dieser Erzählung aus dem Jahre 1922 die Erlebnisse eines modernen Narziß, des Odysseus-Sohnes Telemach, der auf der Insel der Nymphe Kalypso in allerlei erotische Wirren gerät. Während der in den Dingen der Liebe noch gänzlich unerfahrene Telemach von der schönen Eucharis umgarnt wird, wirft sich die enttäuschte Kalypso dem leicht senilen, aber unternehmungslustigen Mentor Telemachs an den Hals – hinter dem sich, um das Verwirrspiel komplett zu machen, die Göttin Minerva verbirgt.
Eingestreut nach der Collage- und Montagemanier der frühen Surrealisten sind über den ganzen Erzähltext geistvolle, überaus witzige Aperçus zu Fragen der Kunst, der Erotik und der Politik.
Der Titel »Die Abenteuer des Telemach« geht zurück auf einen Barock-Roman, den der Bischof Fénelon Ende des 17. Jahrhunderts für seinen Schüler Louis, den Sohn Ludwigs XIV., schrieb. In diesem Buch lernte zu Beginn des 20. Jahrhunderts der fünfjährige Louis Aragon das Lesen, bevor er zwanzig Jahre später den antiken Gestalten seine eigenen Worte in den Mund legte. Beim Schreiben verwandelte sich das Buch allmählich »in eine Kritik an Dada, so daß seine letzte Seite ein Beispiel für das ist, was für uns an seine Stelle treten sollte: für diese Lyrik des Unkontrollierbaren, die noch keinen Namen hatte, aber 1923 mit unserer Zustimmung den Namen Surrealismus annehmen sollte« (Aragon).

Der Autor Louis Aragon wurde 1897 in Paris geboren. Er war bis 1932 einer der Hauptvertreter des französischen Surrealismus (u. a. »Anicet oder das Panorama«, »Die Abenteuer des Telemach«, »Libertinage«, »Pariser Landleben«), veröffentlichte von 1934 bis 1944 den Romanzyklus »Die wirkliche Welt«, war während des Zweiten Weltkrieges als Lyriker eine der wichtigsten Gestalten des literarischen Widerstands und trug auch nach dem Krieg durch zahlreiche Romane, ein reiches lyrisches und essayistisches Werk sowie durch seine Tätigkeit als Herausgeber der Kulturzeitschrift »Les Lettres françaises« entscheidend zur Prägung der französischen Gegenwartsliteratur bei. Aragon starb 1982 in Neuilly bei Paris.
Als Fischer Taschenbuch lieferbar: »Das Wahr-Lügen« (Bd. 5831).

LOUIS ARAGON

DIE ABENTEUER DES TELEMACH

Erzählung

Aus dem Französischen
von Lydia Babilas

FISCHER TASCHENBUCH VERLAG

Ungekürzte Ausgabe
Veröffentlicht im Fischer Taschenbuch Verlag GmbH,
Frankfurt am Main, Oktober 1985
Lizenzausgabe mit freundlicher Genehmigung der
Edition Werner Gebühr bei Claassen Verlag GmbH, Düsseldorf
Originaltitel: »Les Aventures de Télémaque«

Umschlaggestaltung: Jan Buchholz/Reni Hinsch
Gesamtherstellung: Clausen & Bosse, Leck
Printed in Germany
780-ISBN-3-596-25879-0

DIE ABENTEUER DES TELEMACH

FÜR PAUL ÉLUARD

ABBITTE

Das Problem des Schreibens, das Problem der Originalität können einen jungen Mann einen Augenblick lang quälen: doch vermögen sie nicht, ihn länger zu beschäftigen. Das Jahr 1920 war für einige verwegene Geister das Jahr der formalen Prozesse. Nun gut. Der eigentliche Sinn der Wörter dürfte für niemanden das sein, was man gemeinhin ein Ideal nennt. Mir entzieht er sich übrigens meistens, und so wird man bemerken, daß ich ein ganzes Buch hindurch unter dem Wort Liebe tausenderlei Elemente vereinigt habe, die für die Liebe selber gar nicht wesentlich sind. Offen gestanden quält es mich sehr, daß ich mir – und daran sind die Wörter schuld – auch heute noch mittels meiner Erinnerungen an die Lust die wahren Bewegungen meines Herzens zu erklären suche. Daher diese Irrtümer, diese Zweideutigkeiten, diese Verwirrungen.

Wenn die Kindlichkeit dieses Buches allen in die Augen springt, dann deshalb, weil diese Abenteuer nicht über die Zeit der Kindheit hinausgehen; sie stellen eine Gleichung mit zwei Unbekannten auf, Mann und Frau, die erst später gelöst werden wird. Man täusche sich nicht: Kritik am Leben üben wir nur, wenn die Liebe fehlt. Sobald sie sich einstellt, ändern sich die Gegebenheiten: alles findet unsere Zustimmung. Wir hätten nie gedacht, daß man Ideen gegenüber so gleichgültig werden kann. Welche Befriedigung ist es doch, sich auf die Probe zu stellen, während man dem Hurrikan der Gefühle ausgeliefert ist. Ich zerbreche in den Händen einer unendlichen, von mir akzeptierten, aber letzten Endes empörenden Zärtlichkeit. Hier beginnt das Ich sich zu verfinstern. Es wird Nacht am hellichten Tage. Wenn Sie wissen, was Liebe ist, dann kümmern Sie sich nicht weiter um das folgende.

BUCH I

Bei dem großen Reichthum unserer Sprache findet sich doch oft der denkende Kopf wegen des Ausdrucks verlegen, der seinem Begriffe genau anpaßt, und in dessen Ermangelung er weder andern, noch sogar sich selbst recht verständlich werden kann. Neue Wörter zu schmieden, ist eine Anmaßung zum Gesetzgeben in Sprachen, die selten gelingt, und ehe man zu diesem verzweifelten Mittel schreitet, ist es rathsam, sich in einer todten und gelehrten Sprache umzusehen, ob sich daselbst nicht dieser Begriff sammt seinem angemessenen Ausdrucke vorfinde; und wenn der alte Gebrauch desselben durch Unbehutsamkeit seiner Urheber auch etwas schwankend geworden wäre, so ist es doch besser, die Bedeutung, die ihm vorzüglich eigen war, zu befestigen (sollte es auch zweifelhaft bleiben, ob man damals genau eben dieselbe im Sinne gehabt habe), als sein Geschäfte nur dadurch zu verderben, daß man sich unverständlich machte.

IMMANUEL KANT
Kritik der reinen Vernunft.
(Zweiter Theil. Zweite Abtheilung.
Erstes Buch. 1. Abschnitt)

Untröstlich rief Kalypso wie eine Muschel am Ufer des Meeres immer wieder den Namen Odysseus dem Gischt zu, der die Schiffe davonträgt. In ihrem Schmerz vergaß sie ihre eigene Unsterblichkeit. Die Möwen, die ihr dienten, flogen bei ihrem Herannahen davon, aus Furcht, sie könnten vom Feuer ihrer Klagen verzehrt werden. Das Lachen der Wiesen, der Schrei der feinen Kieselsteine, alle Zärtlichkeiten der Landschaft ließen die Göttin die Abwesenheit dessen, der ihr für all das die Augen geöffnet hatte, noch grausamer erscheinen. Wozu die Blicke ins Unendliche richten, wenn sie dort nur die bitteren Ebenen der Verzweiflung treffen können? Vergeblich erblühten die Ufer der Insel, wenn ihre Herrin vorüberging; denn sie achtete nur auf den stupiden Lauf der Gezeiten.

Da zerschellte im rechten Augenblick ein Schiff zu Füßen Kalypsos. Ihm entstiegen zwei Abstraktionen. Die erste war noch keine zwanzig Jahre alt und ähnelte so sehr Odysseus, daß sogar die Zweige der Sträucher an der Art, wie er sie niederbog, Telemach erkannten, seinen Sohn, der noch keine Frau in seinen Armen gebeugt hatte. Die zweite Wesenheit war weder dem Sand der Alleen verständlich noch der untröstlichen Göttin noch dem ewigen Frühling, der über diese mythischen Gefilde herrschte: war man auch Nymphe oder eine höhere Gottheit, man konnte Minerva unter den Zügen des alten Mentor nicht erkennen.

Indes fand Kalypso mit Freuden in dem jungen Schiffbrüchigen, der auf sie zuschritt, ihren Liebhaber wieder. Diesen Körper, den sie zum ersten Mal erblickte, bereits zu kennen, verwirrte sie mehr als die glitzernden Flecken, die Algen, die das lebhafte Wasser an die glatten Glieder Telemachs geklebt hatte. Sie fühlte sich als Frau und täuschte Zorn vor.

»Ihr Fremden«, rief sie, »geht eures Weges, wenn euch das Leben lieb ist. Männern ist mein Reich verwehrt.«

Die Röte ihrer Stirn strafte ihre Worte Lügen. Der junge Reisende verbeugte sich mit der Grazie einer Erinnerung:

»Madame«, sagte er, »könnten Sie, die ich mich scheue, für eine Göttin zu halten, so schön erscheinen Sie mir, ohne Mitleid einen jungen Mann betrachten, der durch die Welt zieht, um sich selbst zu suchen, um seinem eigenen Bilde nachzujagen, einem Vater, den unablässig die gleiche Furie der Stürme und Ideen von mir fernhält, die mich jetzt nackt vor Ihre Füße schleudert?«

»Wer ist der Vater?«

»Man nennt ihn Odysseus, aber was nützt es ihm, daß dieser Name in ganz Griechenland und in ganz Asien berühmt ist! Seine Heimat ist ihm verwehrt, die Fluten werden ihm keinen Irrweg ersparen. Die Klugheit dieses Helden, weit davon entfernt, ihn vor den Klippen zu bewahren, stürzt ihn immer wieder in neue Gefahren. Ohne Hoffnung habe ich meine Mutter Penelope verlassen; ich durchstreife das Universum, um von ihm Odysseus zu fordern, der vielleicht schon in seinen Meeren versunken ist, und manchmal entdecke ich in den Geistern die Spur dessen, der sich mir entzieht, und dessen Schicksal, Göttin, Sie seinem Sohn Telemach nicht verheimlichen werden, sollte das bizarre Spiel der Leidenschaften ihn jemals auf Ihre Insel verschlagen haben.«

Kalypso, mehr auf die Regungen ihres Herzen:
die Bewegungen dieser Reden achtend, wagt
durch Wort oder Geste den Zauber zu zerstö
ihre Blicke auf diese allzu menschliche Gestalt gebannt hielt. Der Taumel, der ihre Augen zu umnebeln begann, veranlaßte sie, aus Furcht vor sich selbst das Schweigen plötzlich zu brechen.

»Telemach, Ihr Vater … Aber ich werde Ihnen seine Geschichte drinnen in meinem Haus erzählen, wo Sie eine Ruhe finden, die sanfter und frischer ist als der gekräuselte Wind, den Ihnen die Dienerinnen mit Federn zufächeln, und wenn Sie meine mütterliche Fürsorge zu genießen verstehen, wird Ihnen dieses Glück zuteil werden, das sonst nur Sache einer Minute ist, das ich jedoch im geschlossenen Labyrinth meiner unsterblichen Arme endlos verlängern kann.«

Die Grotte der Göttin öffnete sich am Abhang eines Hügels. Von der Schwelle aus überschaute man das Meer, das beunruhigender war als ein plötzlicher Umschwung des vielfarbigen Wetters zwischen den senkrecht abfallenden, schaumtriefenden, blechern tönenden Felsen und beunruhigender als die großen Flügelschläge der Nachtschwalben auf dem Rücken der Wogen. Inselwärts breiteten sich wundersame Gegenden aus: ein Fluß stieg vom Himmel herab und klammerte sich im Vorbeifließen an Bäume, die von Vögeln blühten; Chalets und Tempel, noch nie dagewesene Bauten, Metallgerüste, Ziegeltürme, Paläste aus Pappmaché säumten – gleichsam als schwere, gewundene Bordüre – Honigseen, Binnenmeere, Triumphstraßen; Wälder drangen keilförmig in unmögliche Städte ein, während sich ihre Haare in den Wolken verloren; der Boden spaltete sich da und dort bis hinab zu kostbaren Bergwerken, aus denen das Licht der Landschaft emporschoß; der mächtige Wind riß die Berge auseinander, und Feuertücher tanzten auf den Höhen; die Lampentauben gurrten in ihren Käfigen, und zwischen den Gräbern, den Gebäuden, den Weingärten spazierten langsam Tiere umher, die seltsamer waren als der Traum. Die Kulisse setzte sich am Horizont mit Landkarten fort und mit den wackeligen Trägern eines Louis-Philippe-Zimmers, in dem Engel schliefen, blond und keusch wie der Tag.

Als Kalypso ihm all diese Schönheiten der Natur gezeigt hatte, sagte sie zu Telemach: »Sie werden hier Ruhebetten und die für Sie passenden Kleider finden. Wenn Sie die einen und die anderen in Gebrauch genommen haben, dann kommen Sie zu mir: ich verspreche Ihnen Berichte, die Ihr Herz rühren werden.«
Gleichzeitig führte sie ihn zusammen mit Mentor in einen Raum neben der Grotte, in der sie wohnte. Dort herrschte eine wunderbare Atmosphäre: die Gegenstände strahlten Licht aus. Schneegewänder, subtile Gefühlstuniken, Roben der Sinnenlust, trügerische Gürtel warteten an diesem Ort auf die neuen Gäste. Als Telemach sich damit aufhielt, die Stoffe anzufassen, ihre unvergleichliche Leichtigkeit festzustellen, brach Mentor in schrilles Lachen aus:
»Telemach, glauben Sie, daß Sie eines Tages Ihren Vater wiederfinden werden, wenn Sie sich von der Feinheit eines Stoffes ergreifen lassen? Eine Wolle ist nicht schöner als irgendeine andere, eine Wolle ist nicht mehr Wolle als irgendeine andere: die Irrtümer liegen nur in unseren Urteilen. Unablässige Induktionsschlüsse aus unserer eigenen Erfahrung auf die Allgemeinheit der Fälle – Sophismen, die feiner sind als diese Gewebe hier: das ist das Leben mitsamt seinen Lügen. Warum

sollen wir uns über die Phänomene beklagen, wenn wir doch nur auf unseren eigenen Schmerz oder auf unsere eigene Lust hereinfallen?«

»Ihr höhnisches Grinsen dämpft den Schwung, mit dem ein junger Mann sich freut oder sich beklagt«, erwiderte Telemach seufzend. »Immerhin beschäftigt es mich schon etwas, ob man die Reaktionsfähigkeit außer Kraft setzen kann. Aber Schaufensterpuppen üben keine Selbstkontrolle aus: Mechanismus oder Selbstbeherrschung, zwischen diesen beiden Polen verliere ich mich. Gehorcht man denn sich selbst, sobald man gehorcht? Ob man es ablehnt, sich zu unterwerfen, wird von der geltenden Ordnung bestimmt. Sie reichen mir die Hand, meine Faust schließt sich und zieht sich wieder zurück: auch das ist noch ein Akt der Höflichkeit. Besagte Geste erinnert mich an den Tod: wir leben nur aus Höflichkeit. Aber wie liebenswürdig ist doch diese Dame, Mentor, was für Gefälligkeiten sie uns erweist!«

»Wenn Sie sie lieben, läßt Odysseus Sie im Stich, bedenken Sie das. Sich festklammern oder vor sich fliehen, das ist für mich dasselbe. Wie sehr wir bewundern, hängt von unserer Dummheit ab, wie sehr wir lieben, von unserer Unwissenheit. Der Mohn der Wörter schläfert unerfahrene Herzen ein. Hüten Sie sich vor den Geschichten, die Ihnen das Begehren erzählt. Das Begehren des anderen oder das eigene, wie läßt sich entscheiden, welches gefährlicher ist?«

Kalypso empfing sie im Kreis ihrer Nymphen, die zuerst ein ideales Mahl servierten: sie trugen die Beweisführungen der Meder auf, die Koralle der Lieder Indiens, das aufdringliche Parfum der ägyptischen Wörter, die anmutige Weisheit Athens. Jedes Stück zubereiteten Fleisches erschien den Gästen auserlesen wie ein Schmerz. Der Wein, der betörender war als die Luft, köstlicher als die Erinnerung, kam ihnen nicht so erfrischend vor wie die Früchte, die Glücksmomenten glichen. Dann begannen die Nymphen zu singen: von den Kämpfen der Toten und der Elemente; vom Ringen des Menschen mit den Wörtern; von der Glut, die Göttern und Tieren gemeinsam ist, diesem Phlogiston der Welt, der Liebe mit den violetten Lippen. Schließlich erzählten sie von den Taten jener Helden, die Troja belagert hatten, die Stadt des Scheins. Der Name des weisen Odysseus erstarb wie ein Seufzer im ungestümen Delirium der Lyren. Als Telemach ihn hörte, versank er in ein Träumen, das seinen Zügen eine besondere Schönheit verlieh. Kalypso bemerkte, daß er nicht mehr essen konnte; da gab sie ihren Nymphen ein Zeichen: sie begannen nun zu tanzen und so die Geister auf das heitere Abbild der Wollust zu lenken. Am Ende des Mahles neigte sich die Göttin zu Telemach und sagte zu ihm: »Sie müssen wissen, Sohn des großen Odysseus, daß kein Sterblicher ungestraft diese Insel betreten kann, es sei denn, er genießt meine Gunst. Selbst der Schiffbruch, der in diesen Gewässern allzu häufig vorkommt, könnte Sie nicht vor meinem Zorn schützen, wenn nicht die Liebe ... aber ach! Ihr Vater hat sie vor Ihnen kennengelernt, ohne sie doch genutzt zu haben. An ihm allein hätte es gelegen, hier im Zustand der Unsterblichkeit zu leben: nur die maßlose Liebe zur Heimat konnte ihn mir entreißen, ihn fortziehen nach dem jämmerlichen Ithaka, ihn in die Fluten stürzen, die ihn verschlungen haben. Da Sie nun durch ein so trauriges Beispiel gewarnt sind und sicher sein können, weder Odysseus noch Ihren Geburtsfelsen wiederzusehen, sollten Sie sich damit abfinden, sie verloren zu haben. Nehmen Sie, Telemach, mein Lager an, mein Königreich und die Gotthaftigkeit.«

Bei diesen Worten errötete der junge Mann und heftete seine Blicke so fest auf den Körper der Göttin, daß er nur zerstreut dem Bericht von den Abenteuern des Odysseus folgen konnte. Aus Furcht, naiv zu erscheinen, nahm er den Kummer, in den ihn die Kunde vom Tode dieses Königs stürzte, zum Vorwand, um seine Verwirrung zu verbergen und sich dem Angebot eines gar zu plötzlichen Glücks zu entziehen. Kalypso bat im Vertrauen darauf, daß die Musik das Herz der Menschen beruhigt, die Nymphe Eucharis, ein besänftigendes Lied zu singen. Diese Schöne stimmte ihre Laute, und ihre Stimme erhob sich wie eine Fakkel:

»O Felsen, meine Kraft! Mögen die Schmerzen, die Sturzbäche, die Fesseln der Nacht, die Netze des Todes gegen dich wüten! Strecke eine Feuerzunge heraus, verschlinge alles, Satyr, Kohle der Wälder. Los! Man stelle die Himmel auf eine dunkle Wolke, damit sie zur Erde herabsteigen können! Finsternis, mögen dich die Winde davontragen! Das Gewitter bricht aus in Schellengeläut, der Blitz sagt: *Verdammt noch mal!* Die Erde öffnet sich wie eine Wunde und zeigt ihre Gebärmutter. Meine Füße sind Räder, meine Hände sind Räder, deine Augen sind Räder. Im Nußknacker deiner Arme zerbricht die Liebe, zusammen mit den Wolken, den Zähnen der Männer unter meiner Faust, den trockenen Bäumen unter den Rüsselhieben, den großen Stücken rauher Seide, die wie Chimären zerreißen, wie mechanische Rauchschwaden, wie Düfte der Sümpfe.«

Um ihren Gast besser kennenzulernen und das Wort seines Herzens zu hören, fragte Kalypso den jungen Mann, welche Schicksalsschläge ihn an diese Küsten geworfen hätten. Er weigerte sich lange, doch sie drängte so sehr in ihn, daß er ihr nicht mehr widerstehen konnte, und er begann, seine Mißgeschicke zu erzählen:

»Ohne Wissen der perfiden Freier meiner Mutter verließ ich Ithaka und machte mich auf den Weg, um bei anderen Fürsten, die von der Belagerung Trojas heimgekehrt waren, etwas über meinen Vater zu erfahren. Keiner von ihnen vermochte mir zu sagen, ob er lebte; man glaubte im allgemeinen, er sei in Sizilien, wohin ihn die Gewalt der Stürme verschlagen habe. Ich entschloß mich, ihn dort zu suchen. Mentor, mein Gefährte, Madame, widersetzte sich diesem Plan energisch. ›Hüten Sie sich davor‹, sagte er zu mir, ›in die Macht der menschenfressenden Zyklopen oder in die der Trojaner zu fallen, deren Flotte in diesen Gewässern kreuzt. Kehren wir nach Ithaka zurück, befreien Sie Ihre Mutter vom Joch der Freier und übernehmen Sie die Herrschaft, wenn die Götter Ihnen Odysseus nicht zurückgeben: ein Mann ist so viel wert wie jeder andere.‹ Ich aber setzte meinen Kopf durch, und Mentor verließ mich trotzdem nicht.«

Während Telemach sprach, hatte Mentor, von der Fahrt ermüdet, die Kontrolle über sich verloren, und Lichtstrahlen sprangen aus seiner Stirn. Kalypso betrachtete ihn erstaunt und zugleich mißtrauisch: der Greis merkte es, löschte sogleich das Licht seines Schädels aus und nahm eine harmlose Miene an.

»Das Wetter«, fuhr Telemach fort, »war uns zuerst günstig. Aber plötzlich hüllte uns ein dunkler Sturm in eine Nacht, die manchmal vom Feuer des Himmels aufgerissen wurde. In diesem flüchtigen Lichtschein erblickten wir die Schiffe des Äneas, die wir genauso fürchteten wie die Felsenriffe. Die Verwirrung des Steuermannes hätte jedes Manövrieren unmöglich gemacht, hätte nicht Mentor selbst die Befehle erteilt und das Steuer übernommen. Als ich mir wegen dieses unvorsichtigen Unternehmens bittere Vorwürfe machte, als ich Mentor schwor, ihm in Zukunft zu gehorchen, sagte dieser wahre Freund lächelnd zu mir: ›Heben Sie sich den Respekt, den Sie meiner Erfahrung zu zollen vorgeben, lieber für die Wagenlenker auf. Ich möchte Ihnen einen so unbedeutenden Kunstgriff nicht als Weisheits-Körnchen aufdrängen. Jede Erfahrung ist nichts anderes als eine gewisse ärgerliche Geisteshaltung, auf Grund derer man vorwiegend den unglücklichen Ausgang der Ereignisse ins Auge faßt. Die Maske des Alters ist nur eine Maske wie jede andere auch, ein Leih-Name, ein Zeitvertreib, ein grotesker Betrug, über den man lachen sollte. Die Tatsache, daß wir Kahl- oder Weißköpfen Ehre erwiesen haben, wird die Menschen eines Tages wundern und sich im Dunkel kindlicher Mythen verlieren. Aber vermutlich wird man dann in dieser aufgeklärten Epoche der Welt die Neugeborenen, die grüne Augen haben, töten. Das vorige Jahrhundert, die Jugend, der Fortschritt, das reife Alter, unsere Vorfahren, die Mäßigung, die Hoffnung: lauter unverständliche Wörter, die die majestätischen Bärte der Auguren wie Pflaumenbäume schütteln. Erweisen Sie sich, Telemach, als der würdige Sohn des Odysseus und schenken Sie Ereignissen, die ich nicht besser als Sie auch vorausgesehen hatte, nur flüchtige Aufmerksamkeit.‹ Nachdem er so gesprochen hatte, schaffte er uns mit Hilfe einer List die Trojaner vom Halse, und wir gelangten durch kräftiges Rudern an die Küste Siziliens. Man entkommt einer Illusion nur mittels einer anderen; hat man geglaubt, man sei verloren, merkt man seinen Irrtum nur, weil man glaubt, man sei gerettet. Auf die tiefste Niedergeschlagenheit der

Schwäche folgt die größte Heiterkeit der Naivität. An der Küste Siziliens lebten Trojaner, die von dem alten Acestes regiert wurden. Diese hielten uns, als wir landeten, für Feinde und steckten im ersten Zorn unser Schiff in Brand, brachten all unsere Gefährten um. ›Sie müssen eines begreifen‹, sagte Mentor zu mir, ›da uns ja nichts retten kann, kann uns auch nichts mehr zugrunde richten.‹ In der Tat wurden wir beide verschont, um zum König geführt und von ihm über unsere Absichten befragt zu werden. Die Hände hinter dem Rücken gefesselt, bedeckt vom Staub des Weges, wurden wir diesem Monarchen vor die Füße geworfen; er erkundigte sich mit strenger Miene nach unserer Herkunft und nach dem Grund unserer Reise. Unsere Lügen hatten lediglich zur Folge, daß er befahl, uns in die Sklaverei zu schicken; wir sollten die Viehherden des Königshauses hüten. Da ich sicher war, daß nichts – wie Mentor behauptete – uns zugrunde richten konnte, versuchte ich, das Axiom meines Gefährten auf seine Richtigkeit hin zu überprüfen; so hielt ich die Wachen an, die mich bereits fortschleppten, und rief aus: ›König Acestes, sieh in mir den Sohn des Odysseus, der den Tod der Knechtschaft vorzieht!‹ Alles Volk, das zugegen war, brach in Verwünschungen aus, jemand erkannte mich, und ich wurde dazu verurteilt, zusammen mit Mentor auf dem Grab des Anchises zu sterben. Ich machte meinem Unglückgefährten bittere Vorwürfe ob der falschen Weisheit, die er mich gelehrt hatte: ›Für Sie ist alles Gott‹, antwortete er, ›und Sie kennen in ihrem Enthusiasmus keinerlei Zurückhaltung, aber wenn Ihnen ein Mensch oder eine Idee das Eisen seiner Rüstung zeigt, dann lassen Sie sofort den Mut sinken, dann verachten Sie mit der gleichen Maßlosigkeit das, was Sie eben noch gen Himmel erhoben

haben und verfallen abermals Wahnvorstellungen. Meine Worte sind weder glückliche noch unglückliche Talismane. Ein Wort ist so viel wert wie jedes andere: alle Wörter sind Nieten. Fürchten Sie übrigens nichts: man stirbt nicht so ohne weiteres.‹
Man hatte uns auf das Grab des Anchises geführt: schon erhoben sich die Altäre, schon brannte das heilige Feuer, schon blitzte das Opferschwert. Eine haßerfüllte Menge sah unter einem Wolkenbruch zu, wie wir zur Hinrichtung schritten. Acestes wohnte, auf einem behelfsmäßigen Thron sitzend, unseren letzten Augenblicken bei. Die Soldaten des Gefolges schwatzten miteinander über ihre Geliebten und lachten uns aus. Mein schmutziges Gewand stand mir schlecht. Ich hatte nur eine scheußliche, abgestandene, dünne Suppe gegessen. Alles war zu Ende. Man bekränzte uns mit Blumen. In diesem Moment griff Mentor zu einer List, und die Dinge nahmen eine andere Wendung. Er ließ hell die Sonne scheinen, und das von Mitleid ergriffene Volk forderte laut schreiend unsere Begnadigung. Die Frauen weinten. Die Wachen banden uns mit respektvoller Miene los. Der König ließ sein Zepter sinken, stieg vom Thron herab, kam auf uns zu und schloß uns in die Arme; er nannte uns seine Freunde, seine Retter. Bei diesem erstaunlichen Geschehnis bewunderte ich Mentor von neuem. Der aber lachte mir ins Gesicht und machte sich mit ein paar Worten, die ich nicht behalten habe, über das Gefühl der Ehrerbietung lustig, das der bloße Erfolg mir einflößte. Acestes führte uns in seinen Palast und überhäufte uns mit Geschenken. Dann gab er uns ein Schiff, damit wir nach Griechenland zurückfahren könnten, bevor die Flotte des Äneas in Sizilien landen würde. Aus Furcht, er könnte sie dem Groll der Griechen aussetzen, wollte er uns keinen tro-

janischen Steuermann und keine trojanischen Ruderer mitgeben; so stellte er uns eine phönizische Mannschaft zur Verfügung, die uns in Ithaka absetzen und das Schiff dann den Inseltrojanern zurückbringen sollte. Doch die Zufälle der Konversation, die den Gedanken der Menschen ein Schnippchen schlagen, hielten noch andere Gefahren für uns bereit.«

BUCH II

Ich habe sofort gesehen, daß die verschiedenen Gefühlsgegenstände um uns herum nicht mehr an ihrem Platz waren.

ANDRÉ BRETON und PHILIPPE SOUPAULT
Les Champs Magnétiques

Von allen Nymphen Kalypsos war Eucharis die betörendste; sie glich den Milchblumen, die Telemach manchmal im Traume sah. Während dieser junge Prinz seine Geschichte erzählte, wickelte Eucharis unablässig eine lange schwarze Locke, die ihr von der Stirn herabfiel, um ihre durchsichtigen Hände. Ein einziger Abend genügte nicht, um die Abenteuer des Sohnes der Penelope erschöpfend wiederzugeben. (Wie schön mußte doch diese Frau sein inmitten ihrer Liebhaber auf der Felseninsel Ithaka!) Mehrere Nächte hindurch bezauberte Telemach die Göttin und ihre Gefährtinnen mit der Stimme des einzigen Mannes, der damals auf ihrer Insel lebte. Licht brach durch das Laubwerk, langsame weibliche Erscheinungen mit leisen Füßen schwebten durch die Ruhestunden, die Tage teilten sich in Siesten – unter dem Sieb der Gartenlauben – und in Jagden, die so erregend waren wie das Gewitter mit dem Blitz der schlanken, weißen Windhunde, wie die Verwirrungen der Vernunft inmitten des Waldes, am Ufer der ruhigen Seen oder in den Lichtungen, diesen plötzlichen Blicken des Himmels ins Herz der Asphaltbäume. In einer Nacht, die so war wie alle Nächte, nur viel dunkler noch, besuchte Eucharis Telemach, während er schlief. Er wußte zuerst nicht, welchen Namen er ihr geben sollte. Dann fand er ein ganzes Arsenal von Beschimpfungen, deren Süße diesem zarten Erwachen in der Finsternis glich. Die Entdeckung eines Körpers, welch einschmeichelnde Wollust! Liegt das Fleisch

zweier Menschen von der Ferse bis zur Achsel dicht beieinander, erzeugt dies Schauer, die die Natur wie vorüberziehende Nachtvögel aufrütteln. Der junge Mann drehte sich auf seine sanft berührte Seite um, fühlte den Mund der Unbekannten und ihre Brust, ergriff dann mit einer ausholenden Bewegung seines freien Armes den weiter entfernten Arm der Frau, strich an ihm entlang und erreichte seine Grenze. Haare öffneten sich zu den Schultern hin wie eine Woge unter einem Schiff. Eine punktförmige Sonne ging unter vier Lidern auf, wurde immer größer und größer und steckte die Welt in Brand:
»Ich bin Eucharis«, sagte sie.

Rasch erhob sie sich und eilte zur nahen Grotte. Telemach fühlte sich schwerer als das Gebirge. Eucharis kam zurück, in der Hand ein Öllämpchen mit dem Licht der Weisen: golden wie das Begehren erschien sie ihm, und ihr Liebhaber erkannte sogleich die Macht ihrer Schönheit. Nymphen inspirieren den Sterblichen eine Liebe, die unablässig von neuem aufflammt. Eucharis war Nymphe, und Telemach war sterblich. Schon seit geraumer Zeit drehten sich ihre Schädel erschöpft im Dunkel, als schließlich Eucharis' Kopf wie eine entkernte Nuß aufs Lager zurückfiel. Da streichelte Telemach zerstreut die Stirn seiner ersten Geliebten und fing an zu denken:

Alles, was nicht Ich ist, ist unverständlich. Ob ich die Muschel, die ich an mein Ohr drücken will, an den Ufern des Pazifik suche oder sie in den Gegenden meiner Existenz auflese, sie wird von derselben Stimme widerhallen, die ich für die des Meeres halten werde, und die doch nur das Rauschen meiner selbst sein wird.

Alle Wörter – wenn ich mich plötzlich nicht mehr damit begnüge, sie wie hübsche Permuttgegenstände in meiner Hand zu halten –, alle Wörter werden es mir erlauben, dem Ozean zu lauschen, und in ihrem Hörspiegel werde ich nur mein eigenes Abbild wiederfinden.
Welchen Eindruck man von der Sprache auch haben mag, sie beschränkt sich einzig auf das Ich, und wenn ich irgendein Wort wiederhole, dann streift es alles von sich ab, was nicht Ich ist, bis es schließlich zu einem organischen Geräusch wird, durch das sich mein Leben manifestiert.
Es gibt nur mich auf der Welt, und wenn ich dann und wann die Schwäche habe, an die Existenz einer Frau zu glauben, brauche ich mich nur über ihre Brust zu beugen, um das Klopfen meines eigenen Herzens zu hören und mich wiederzuerkennen. Gefühle sind nur Sprachen, um die Ausübung gewisser Funktionen zu erleichtern.
In meiner linken Westentasche trage ich mein Porträt, das mich genau trifft: es ist eine Uhr aus poliertem Stahl. Sie spricht, sie zeigt die Zeit an, und sie versteht nichts davon.
Alles, was Ich ist, ist unverständlich.

Eucharis' erster Blick war ein Begehren. »Lassen Sie mich in Ruhe«, sagte Telemach. »Nun, meinetwegen. Ich versichere Ihnen, Sie verdanken diesen letzten Erfolg nur der eigenartigen Beleuchtung dieses Raumes. Ich hatte nicht mit Ihrem Besuch gerechnet. Lassen wir es gut sein, sprechen wir nicht mehr davon.«
»Mein Kind, wie sehr bedauere ich Sie, und wie verletzt mich doch Ihre Unverschämtheit. Was mich an Ihnen anzieht, ist zunächst einmal nicht dieser törichte Stolz: es sind die schwarzen Haare und der reizbare Charak-

ter. Bleib also ganz ruhig auf deinem Lager. Wenige verstehen es, diese Unbeweglichkeit zu genießen, die süßer ist als der Schlaf, wenn der Mann und die Frau zögern, sich zu trennen und doch nur Fremdheit für einander fühlen.«

»Lassen Sie mich alleine schlafen, bitte. An gemeinsames Ruhen bin ich nicht gewöhnt.«

»Hattest du wirklich noch keine Ahnung von der Liebe?«

»Das geht Sie nichts an. Sie haben mir alles beigebracht, aber Sie können mir glauben, daß ich Ihnen dankbarer wäre, wenn Sie mich schlafen ließen anstatt einen ermüdenden Unterricht zu Ende zu führen.«

Während Telemach einen sofort wieder von Morpheus entrückten Körper zur Wand drehte, sprang die Nymphe mit aufgelösten Haaren aus dem Bett und reckte sich, lachend, hintübergebeugt, wacher als der Morgen. An der Schwelle zur Grotte blieb sie stehen, betrachtete ihr Hände, betrachtete das Meer, betrachtete den Wind, betrachtete die Wasserfälle, die Rinnsteine, die Felsplateaus, die Trägheit der Blumen. Sie beugte ihre Lenden, streckte ihre Arme aus, berührte den Himmel, berührte den in den Stein verliebten Efeu, berührte den ewigen Schnee, berührte Eucharis, die schönste der Nymphen, die Triumphierende, die Geliebte des jungen Telemach, dieses in seiner Geschmeidigkeit eingeschlafenen Schilfrohrs, Eucharis ... Mit dem klaren Wasser, das aus dem Fels hervorsprang, verjagte Eucharis die Erinnerung an die Liebe. Dann kämmte sie ihre langen Haare, das war alles, was von der Nacht in der Welt übriggeblieben war, und sie begann zu singen und – Trauben oder Ketten – schwere Zöpfe aus Küssen zu flechten.

»Den Sarg am Fuße der Felsen, den Ahorn mitten auf dem magnetischen Berg, der den Schiffen den Eisenbeschlag abzieht, die Sonne, meinen hübschen Morgengemahl, die trägen Nachmittage, die Wasserläufe, die den Granitmassen entrinnen, den Sturzflug der Eisvögel, das ganze Leben würde ich für meine Haare geben, meine Haare, die mit ihrem stürmischen Rhombus die tausend Sinne meines Freundes wiederbeleben.
Mein Freund ist ein kleiner Seehund, ein allerliebster Vielfraß, mein Geliebter. Mein Freund hat mir nichts geschenkt, er hat nicht zu mir gesagt, daß er mich schön findet. Er hat mich rein zufällig gestreichelt, und wir haben zusammen die Nacht verbracht. Geschlafen, geschlafen, geschlafen. Seine Hände sind schöne weiße Götter.
Freies offenes Meer, deine glatten Algenküsse tanzen. Du gleitest langsam zwischen meine Arme, geknickte Tanne, Stolz, Ebenholz oder Packeis. Eidechse, was sagst du zu meinen Zähnen? Was hältst du vom Wetter? Wir könnten geradezu in die Sommerfrische fahren.
Wahnsinn um den Hals herum, umarmter Pelz, auf den Wiesen die Frau und die verlorenen Begierden. Tag und Nacht die Liebe. Was aus den Wäldern kommt, nimmt die Form des Frühlings an. Im Schatten Telemachs schmiegt sich die ganze Natur zusammen. Singe, Weinranken, Feuer, Luftstrom; die goldenen Insekten warten auf dein Erwachen.«

Der greise Mentor stieg den Hügel hinauf. Er rollte in seinem Mund einen Kieselstein hin und her, um seine Zunge zu lösen, wie jeder weiß. Er sah Eucharis, hörte ihr Lied und den Namen des Telemach.
»Mein Kind«, sagte er zur Nymphe, »haben Sir mir

zugehört? In Ihrer Freude führen Sie ein Selbstgespräch über meinen Schüler.«
»Fremder«, erwiderte Eucharis, »Sie verstehen Ihre Erzieherpflicht in eigenartiger Weise. Doch Ihr Prinz gefällt mir. Er schläft wie ein Murmeltier. Schauen Sie, was er mir angetan hat. Und da, und auch da!«
»Mir war es lieber, er gab bei Ihnen sein Debut, auf das bereits Ihre schon etwas verblühte und allzu lüsterne Kalypso spekuliert hatte.«
»Nächst meiner Herrin bin ich es, die ...«
»Schon gut, schöne Nymphe, kämmen Sie sich nur weiter, schreien Sie nicht so.«

Eucharis nahm ihr Lied wieder auf: *»Du kräftiger Baum, mein Dieb, für dich die Strände, die Ebenen, die Schwächen. Binde an meine Porzellanfinger deine Lieblingshaare. Du dürre Glut, mit meinen beiden Knien auf deiner Brust gerate ich ins Wanken. Ein Musiktischchen, das ist die Liebe, mein Liebling.«*

Am Saum des Meeres übte sich Mentor unermüdlich in der Redekunst. Er schrie pausenlos Sätze hinaus, die schwer auszusprechen waren. Von seiner Stimme angezogen, kreisten die Silbermöwen über dem Alten und die Pinguine umringten ihn, um ihm zuzuhören. Als Übungstück richtete er an sie folgende Ermahnung:

Wäre der Gedanke an die Zerstörung gründlich empfunden, gründlich überlegt, müßte er an einem einzigen Tage das Universum in ein Kloster oder in ein Grab verwandeln. Wann endlich wird man sich schämen, das Spiel des Lebens zu spielen? Die kürzesten Farcen sind die besten. All das dauert schon viel zu lange, der Mensch, die Vögel und alles übrige. Ihr, die ihr in den

Städten schlaft, diesen weitläufigen Hospizen mit numerierten Zellen, deren frischeste Gärten die Friedhöfe sind, ihr seid nicht weniger wert als die Leute auf dem Land, die auf ihren Misthaufen sitzen, diesen vermodernden Ideen: Zwiebeln der Dummheiten oder Fäulnis des Verstandes.

Das Werk Gottes ist schön, es ist etwas Berauschendes. Was macht es schon aus, daß wir eines Tages sterben müssen, da wir es ja gesehen haben, mit seinen bezaubernden Palmenhainen, seinen Bergen, seinen Tälern, mit der Melancholie, den kleinen Schiffen, dem Zweimal-zwei-ist-vier, dem wunderbaren Gleichgewicht, das die Existenz des Schöpfers beweist, mit den Freuden der Kindheit, der Jugend, des reifen Alters, des Greisenalters, der Verrücktheit, der Weisheit, mit Paris, der Hauptstadt Frankreichs, mit den rührenden Beispielen der Kindesliebe, der reinen Liebe, der süßen Selbstentsagung. Das Glück des Tages ist ein ungetrübtes Glück.

Die Freiheit durch den Selbstmord oder durch die Evasion, auf diesen Punkt der Geschichte läuft es immer wieder hinaus. Aber was weiß man schon von diesen Transportmitteln? Über diese Themen habe ich viel Schönes gelesen: rote Federbetten, Weingläser. Sie können mir nicht weismachen, daß der Wohnungseigentümer so dumm ist und den Schlüssel über der Tür zurückgelassen hat: ein Revolverschuß, so billig kommt man nicht davon. Woher weiß man, daß die zum Leben Verurteilten sich umbringen müssen? Dann wären ja die Gefängnisse leer.

»Wohin führst du mich, Gedanke?« fragte der alte Schwachkopf. »An deine Nasenspitze«, antwortete die dumme Gans.

Menschen gibt es auf der Erde, so viel wie Läuse. Wenn

ihr mal aufgehört habt, Kinder zu machen, dann sagt es mir. Danach fangt ihr sowieso wieder von vorne an. Die Unschuld der Neugeborenen, das ist auch so eine merkwürdige Erfindung: wir sind alle Neugeborene, Unschuldige, ich will sagen, Schuldige. Der gesunde Menschenverstand, die Logik, meine Damen und Herren, was für eine Räuberhöhle! Man wird bestohlen wie in einem Wald.
Da diese kleine Rede euch zu langweilen beginnt wie mich das Leben, wollen wir gemeinsam den Ausweg aus dieser Falle suchen. Wie ein Straßenhändler, der euch Postkarten feilbietet, dann aber diskret fragt: Wollen Sie Aktphotos, Monsieur?, *biete ich eurem Ohr nach diesen sittsamen Einleitungsworten ein System an, das nicht von der Regierung garantiert wird, ein ganz neues, ganz heißes, ganz schönes System, mit einem Schildchen, auf dem zu lesen steht:* Bitte die Tür nicht schließen, *ein System, ja, ein System, ein System:*
EIN System.
Das SYSTEM Dd: Nacht, Sturzbach, Antriebskraft der Minuten und der Gedanken, schwankende Uhr der Gefühle, Wüstenland mit oolithischen Pflastersteinen (Menscheneiern und Straußenschädeln), zerbrochener Ring der Vernunft, Uhrkette!
Das System Dd: Spiel des weißen Spiegels auf dem schwarzen Spiegel, Spiel des weißen Spiegels auf dem Parabolspiegel, Spiel des Parabolspiegels auf dem Konvexspiegel, Spiel des Konvexspiegels auf dem Konkavspiegel, Spiel.
Das System Dd setzt sich folgende Ziele:
Alle Probleme in weniger Zeit lösen als man braucht, sie auszusprechen;
alle Probleme in weniger Zeit aufwerfen als man braucht, sie auszudenken;

die Zeit durchsieben, die Karten durcheinanderbringen, der armen Welt den Schädel zertrümmern;
stehend schlafen, die Nacht erhellen, den Tag verfinstern, eure hübschen Lottokugel-Augen rollen lassen;
in Geschicklichkeits- und Glücksspielen bei allen Einsätzen gewinnen oder verlieren, ob es sich um Zielfiguren, Kugeln, Messer, Roulette, Pferdchen, Rhetoriken, Politiken, Poesien, Religionen, Lieben oder um Auktions-Bridge handelt;
die Sonne abhängen, den kleinen Dickbäuchen die Enthusiasmen austreiben;
eure so unbedingt logischen Logiken zerschlagen, Kreise ins Wasser, Quadrate in die Luft zeichnen, weder Quadrate noch Kreise, weder in die Luft noch ins Wasser.
Das System Dd setzt sich zum Ziel: dies und das zu tun, das Gegenteil, weder dies noch das noch das Gegenteil, nichts zu tun, alles zu tun, und euch zum Schweigen und ein bißchen zum Sterben zu bringen.
Das System Dd hat zwei Buchstaben, hat zwei Gesichter, hat zwei Rücken, erlaubt alle Widersprüche, erlaubt keinen Widerspruch, ist unbestritten der Widerspruch selbst, das Leben, der Tod, der Tod, das Leben, das Leben, Mitteilung an Amateure.
Die Leute, die uns plötzlich im Licht erblicken, können sich nicht fassen: Ihr rennt ja in den Tod; das Leben ist für euch bestimmt nicht alle Tage lustig; wie unglücklich müßt ihr sein; wohin wird euch das alles noch führen? Unter solchen Bedingungen ist keine Gesellschaft möglich, ihr wollt das Ende der Welt: ihr meint das doch nicht im Ernst; ja sind Sie etwa Anarchist? Ah! Mama, Mama, Mama, der Herr ist Anarchist!
Ihr glaubt, euch zu verstecken, wenn ihr eure Hände vor die Augen haltet. Ihr hofft, mit ein paar Feigheiten alles einfach, alles glücklich zu machen.

Ihr braven Leute, es verkauft nicht seine Seele dem Teufel, wer will. Wie könnt ihr ins Theater kommen mit so viel Moschusratten, Eichhörnchen und anderen schrecklichen Nagetieren im Herzen, mit Krankheiten, Bankrotten, Ehebrüchen, Verrat, Schnupfen? Ihr sucht hier das Vergessen mit seinen statuenhaft leeren Augen. Ich schenke euch den Likör Enttäuschung ein und mache mich über euch lustig, weil ihr nichts anderes auszudrücken wißt als Langeweile, Ungeduld, Entrüstung, Verachtung und das Lachen, das so falsch ist wie eure Hosenträger. Nicht nur ich bin häßlich, dumm, schmutzig, anmaßend, eine Niete, eine Niete; ihr alle und ich, wir stehen uns in nichts nach. Was für ein hübsches Paar wir ergeben! Ruft mir nicht zu, ich käme vom Thema ab: ich brauche euch nur anzuschauen, und ich bin wieder bei meinem alten Steckenpferd.
Das System Dd macht euch frei: zerbrecht alles, ihr plattnasigen Gesichter. Ihr seid die Herren über alles, was ihr zerschlagt. Man hat Gesetze, Moralvorschriften, Ästhetiken geschaffen, um euch Respekt vor den zerbrechlichen Dingen einzuflößen. Was zerbrechlich ist, ist zu zerbrechen. Erprobt doch einmal eure Kraft; ich wette, ihr werdet danach weitermachen. Was ihr nicht zerschlagen könnt, wird euch zerschlagen, wird Herr über euch sein. Zerschlagt die heiligen Ideen, alles, was einem die Tränen in die Augen treibt, zerschlagt es, zerschlagt es, ich liefere euch kostenlos dieses Opium, das wirksamer ist als alle Drogen: zerschlagt. Steckt eure zweiflerischen Finger überall hinein. Der Zweifel ist der schwärzeste, der tiefste Brunnen, der sich euch bietet: dort hineinfallen heißt einen Fall ohne Ende tun, der euch für alle Ewigkeit die zauberhafte Empfindung einer Abwärtsfahrt im Fahrstuhl verschaffen wird.

Zweifel am Zweifel: ihr könnt ruhig eure blutbefleckten Nägel gegen die kindischsten Ideen richten. Niemals wird es euch gelingen, an etwas zu zweifeln oder irgend etwas zu zerschlagen. Ihr seid unbeweglich, glaubt aber, euch zu bewegen. Schwäche oder Stärke, das ist alles die gleiche Leier. Dem Wind, der auf dem Schnee der Berge tanzt, sind eure lächerlichen Wohnungsexplosionen schnuppe. Auf einer bestimmten Ebene gibt es keine Dummköpfe mehr, gibt es nur noch Dummköpfe. Es besteht kein Grund, immer nur die nebensächlichsten Dinge der Welt ins Auge zu fassen.
Das erste D meines Systems war der Zweifel, das zweite d wird der Glaube sein.
Ich glaube an mich, an dich, an sich, an alle anderen.
Ich glaube an die Wunder, an die Gelegenheiten, an die okkulten Wissenschaften, an DIE *Wissenschaft, an die Seife, an den Edelmut des Herzens, an die soziale Hingabe.*
Ich glaube, daß der Himmel blau ist, die Bäume grün, die Fahne dreifarbig, die Fahne rot, die Erde rund wie eine Kugel, die Jugend jung, das Alter alt. Ich glaube. Ich. Ich glaube an den Zweifel, ich zweifle an meinem Glauben. Ich zweifle, an meinen Zweifel zu glauben. Was ich glaube, glaube ich.
Was gewesen ist, was sein wird, kann das, was ist, nicht daran hindern zu sein. Was ich gesagt habe, was ich sagen werde, kann mich nicht daran hindern zu sagen, was ich sage. Das System Dd, dieser weiß-schwarze Januskopf, wird die Schule der Aufrichtigkeit sein. Ein ehemaliger Minister der Republik, Kommandeur der Ehrenlegion und Mitglied mehrerer Gelehrtengesellschaften, der mit seinem Geld die Propaganda der DADA-Bewegung bestreitet, sagte mir neulich: »In meiner ganzen Laufbahn bin ich nur einem einzigen

aufrichtigen Mann begegnet: dem Bankier Rochette.« Wir beide wollen mal ganz aufrichtig sein: sind Sie aufrichtig?
Die Aufrichtigkeit, dieser Zielpunkt, der wechselhafter ist als der Wind der Wetterfahnen, in dem sich der Jäger mit seinem Wild bald nach dem einen, bald nach dem anderen Pol dreht, Morgendämmerung oder Abenddämmerung, man weiß nicht mehr recht, jedenfalls Sonnenschein, goldene Blume der Kehlen, gerupfter Kanarienvogel, Schrei des Herzens, die Aufrichtigkeit ist die gängige Münze der Luft. Vor meinen Augen schwenkt man vergeblich die Signalfahne der öffentlichen Meinung: Bewunderung, Verachtung, Gleichgültigkeit, alles ist mir vollkommen egal. Allein inmitten der weiten Welt, diesem kleinen Universum eurer Phantasie, schau ich euch ins Gesicht, ohne etwas zu wollen, ohne etwas in euch zu suchen, nicht einmal dieses Körnchen Dummheit, das in euren Augenhöhlen zittert, und ich lache wie ein Kornfeld.

Die erschrockenen Pinguine machten sich auf und davon, dabei überschütteten sie Mentor mit langen Schreien des Vorwurfs und warfen ihm zornige Blicke zu. »Bin ich nun«, dachte Minerva, »die behelmte Tochter Jupiters oder dieser geschwätzige Grieche, der respektvoll die Attribute des männlichen Geschlechtes trägt?« Als er oder sie sich diese Frage stellte, erschien Kalypso in einem Morgengewand, die Haare im Wind, mit frischem Teint, und Minerva zweifelte nicht mehr daran, ein Mann zu sein. »Göttin«, sagte Mentor, »Sie sind schöner als der Sand. Mein Ehrenwort.«
»Wie schändlich, Greis, dein Ehrenwort?«
»Wenn Sie meinen Worten nicht glauben, so kommen Sie in meine Nähe, Göttin, und Sie werden merken,

daß ihr Zauber einem Manne das Leben wiedergeschenkt hat, der sich seit fünfzig Jahren aus der Zahl der Lebenden ausgestrichen glaubte.«
»Das ist ja toll«, sagte Kalypso, »mir scheint, Ihre Haare werden wieder schwarz.«
»Das wäre noch nicht das größte Wunder. Aber sehen Sie, meine Glieder haben in Ihrer Nähe ihre Kraft und Elastizität wiedererlangt.«
»Sie drücken mich an sich wie ein junger Mann. Ah! Mentor!«
»Verlieren wir uns, Madame, in der Tiefe dieser Wäldchen.«
Am Ufer des Meeres blieb nur der aus Minvervas Mund gefallene Kieselstein zurück, und die schreienden Vögel, die mitten im Fluge miteinander Liebe machten.

BUCH III

Mit aller nur möglichen Noblesse schuf sich Sturel den Seelenzustand eines Abenteurers.

MAURICE BARRÈS
L'Appel au Soldat

Telemach, mit Pfeil und Bogen ausgerüstet, führte in den Wäldern der Insel eine unheilbare Melancholie spazieren. Vergeblich seufzten die verliebten Vögel unter den Laubgewölben den Namen der göttlichen Eucharis; vergeblich flüsterten die Wellen, vergeblich die einzelnen von der sanften Hand der Zephire erregten Blätter: Eucharis ... Der junge Held betrachtete in den natürlichen Wasserbecken das zitternde Bild eines Körpers, dessen ganze Macht er nunmehr ermessen hatte. Er hatte ein paar fliegende Flammen erlegt, ein paar behaarte Sprünge, und seine Opfer hingen an seinem Gürtel. Welch neuer Gegenstand überrascht da plötzlich durchs Gezweig hindurch seinen Blick? In einem buschigen Schlupfwinkel liegt Kalypso auf dem Rasen, und Mentor! Mentor liegt in ihren Armen.
Die Haare der Göttin sind das Spielzeug der Lüfte; der Schleier bedeckt den Gipsstein ihrer Brust nicht mehr; schmachtend, wollüstig, glühend glänzt Kalypso wie ein Geldstück im Gras. Ihr Kopf ist über Mentor geneigt, und Mentor, der sich inmitten der Zärtlichkeiten auf den Rücken gedreht hat, verschlingt seine Geliebte, verzehrt sich, reibt sich auf, indem er sie verschlingt. Aus ihrem Munde schlägt rotes Feuer, wendig, züngelnd. Unablässig flammt der Phönix aus diesem Begehren auf, das dem Worte ähnelt, fällt in Staub zusammen und wird glühender aus seiner Asche wiedergeboren. Die mächtigen, einander ablösenden Schauer der Gezeiten schütteln diesen menschlichen Busch, den die

harmonischen Arme Kalypsos wie zwei Schwanenflügel überragen. Mentors rechter Fuß stützt sich am Stamm einer Espe ab und läßt sie im Tageslicht hin und her schwanken. Der Körper des kräftigen Greises wölbt sich plötzlich himmelwärts, die Erde scheint unter ihm zu versinken, und durch dieses lebende Portal sieht Telemach die von Vögeln durchfurchten Felder der Luft und die langsam von den Kühen bewohnten Weiden. Monströs durch die Landschaft gewundene Girlande der Sinne: welcher Gott springt denn da über dieses auf und ab schnellende Seil? Das Firmament hüpft auf den Schädeln wie ein blau-roter Kinderballon. Die unteren Zweige der Bäume, mitgerissen in diesem Rennen, streifen die hartbrüstige Erde, stöhnen, gehen wieder hoch, und, vom erneut aufkommenden Monsun gepackt, zerbrechen sie in lange weiße, formvollendete, empfindliche Facetten. Einen Augenblick lang beruhigen sich die Körper, die sich nun voneinander gelöst haben, auf dem Moos und berühren sich nur mehr in behutsamen Bewegungen. Die zärtlich ungeschickten Aufmerksamkeiten, die sie sich gegenseitig erweisen, füllen die Ruhepause der Liebenden aus. Die Gegenden des Lachens sind weiter weg als je. Der Atem, der die Stirnen badet, kommt von den Grenzen des Lebens. Innehalten. Die Liebe ist ein an allen Seiten vom Dunkel begrenzter Tag: Mentor und Kalypso sagen kein Wort, und vom Unterschlupf aus, der ihn verbirgt, betrachtet Telemach ihre Ruhe.
»O mein Freund«, sagte die Göttin, »werden Sir mir treu sein? Werden Sie lange an mich denken?«
»Ein langes Alter«, erwidert Mentor, »macht den Menschen zum Zuschauer unendlich vieler Ereignisse: ich lebe schon zweihundert Jahre, und mein drittes Lebensalter beginnt gerade. Die schwere Hand der Zeit

stumpft meine Sinne ab. Manche Geschehnisse, deren Zeuge ich in meiner Jugend war, entgleiten meiner Erinnerung: gleichwohl hat mein Gedächtnis eine Menge von ihnen behalten.«

»Wie kalt Sie sprechen! Was suchen Sie da?«

»Einen runden Kieselstein, nicht zu groß. Bemühen Sie sich nicht: ich habe schon, was ich brauche.«

»Ich kann meinen Augen kaum trauen: durch welches Wunder, Mentor, haben Sie diese einzigartige Kraft wiedererlangt; kein junger Mann hatte mich an ein solches Ungestüm gewöhnt, weder der göttliche Odysseus noch Bacchus Euchometes, der ehemals mein Gast war, der höflichste der Götter. Wahrscheinlich verbergen Sie mir irgendein Geheimnis. Eine Droge.«

»Ist denn die Kraft, die Sie beim Erstbesten für etwas Natürliches halten, bei einem Greis etwas Erstaunliches? Täuscht die Zeit, dieser vulgäre Absud, auch Göttinnen?«

»Sie können sagen, was Sie wollen, da ist etwas, was ich nicht verstehe.«

»Ah! Was gibt's da zu verstehen? Das Tier, dessen einzige Nahrung die Lüfte und der Tag sind, nimmt die Farbe der Gegenstände an, die es berührt. Der Urin des Luchses verwandelt sich in Koralle. Die Wirbelsäule der Menschen bringt, wenn ihr Mark im Grab verfault ist, Schlangen zur Welt, die sich an die Schauder des Rückgrats – nächtliche Liebe oder eiskalter Schweiß – erinnern und des Abends um die Häuser zischen. Das Insekt der Felder, das man mit seinen weißen Fäden ein Blatt umschlingen sieht, streift, wie mir mehrere Bauern versichert haben, seine Form ab, um die eines fliegenden Totenkopfes anzunehmen. Der Schlamm zeugt Frösche. Die verscharrten Tiere verwandeln sich in Bienen, die Erfahrung bestätigt es. Als Freundinnen der Blumen lieben sie die Felder und arbeiten eifrig an ihrem Schatz, ihrer teuersten Hoffnung. Nicht weit von Pallene, in den hyperboreischen Regionen, gibt es Menschen, deren Körper sich mit Federn bedecken, die am Jahresende vom Himmel herabfallen. Die Vernunft verirrt sich wie das von einem Adler entführte Kind in den Wolken des Lebens. Alles gleitet dahin, Puck aus Rauch, quirliges Quecksilber. Die Sturzbach-Jahrhunderte brechen aus den Bergen des Schattens aus. Vom Stundensand durcheinandergebracht, weiß ich nicht mehr, ob *Soeben* kommt oder schon gekommen ist. *Gleich* bezeichnet das, was mir entwischt. Glücksspiel. Bin ich Kind oder Greis? Immer noch versetzt mich die Sonne in Erstaunen, mögen sich auch meine Augen trüben, und derweil können unsere Körper, auch wenn die Flamme des Scheiterhaufens sie verschlingt, die Zeit sie verzehrt, kein Übel erleiden, glauben Sie es mir. Wir Spinnen der Zeit, wir laufen auf den Fäden und leugnen die Leere. Unsere Fliegen-Ideen surren lauter als der Wind.«

»Mentor, Sie ermüden mich: streicheln Sie mich lieber.«

Sobald die Erde aufgehört hatte, mit dem Ächzen von Sprungfedern zu stöhnen, setzte die verkleidete Minerva ihre dem Horizont ähnelnde Rede fort: »O Kaly«, sagte sie, »die Welt ist uns ausgeliefert, die Welt vermag nichts gegen uns. Nicht ohne Grund spreche ich so: wenn mein Herz hart wird, kann der Mond am Himmel nicht mehr leuchten, die Eier werden unter der Bruthenne zu Stein, der Wolf verschlingt den Menschen, die Bäume stürzen um mit lautem Krachen. Und was tun die Winde mit meinem Denken? Sie tragen die Blätter davon, aber verwandeln sie nicht in Worte. Einzig das Wort besteht im Universum fort wie eine Erbschaft: ich habe Mitleid mit den kostbarsten Juwelen. Auch das Salz der Erde stirbt, doch die Namen, die wie Feigen auf den Kopf der Kinder fallen, überleben ihre Träger, diesen Staub eines Augenblicks. Wir haben schon die Zukunft vergessen: die Könige Europas, die nach der Anzahl ihrer Jahre benannten Kriege, die Entdeckungen des menschlichen Geistes, die Methode, Straßen mittels des Erdmeridians zu vermessen. Aber die Silben CHAUCHARD, die in goldenen Lettern auf die Mauer eines Museums von morgen geschrieben sind, die haben wir behalten.«

Kalypso kritzelte Zeichen in den Sand. Mentor ergriff die Hände seiner Geliebten:

»Kalypso, deine Augen sind schwarz.«

»Meine Augen?«

»Die Ihren.«

»Das bilden Sie sich nur so ein, Mentor.«

»Man könnte meinen, Kalypso, Sie haben etwas Böses vor?«

»Ich? Weiß ich denn, was das Böse ist?«

»Sie zeichnen ziemlich schlecht: diesen gefiederten Herzen sieht man schon von weitem das Schwirren der Fliegen an. Und diese Taube? Sie hat keine Flügel.«

»Ach, daran hab' ich gar nicht mehr gedacht.«

»An was denken Sie dann?«

»Ich denke an das Schicksal, an die Blicke, die in die Tinte gefallen sind, an den Staub der Alleen.«

»Sie verlieren sich darin, mein Kind, die Sprossen des Himmels zu zählen. Das Licht hat Spiele, die nichts für Ihr Alter sind.«

»Wie doch der Tag verflogen ist. Schon ist es Abend! Man sieht fast nichts mehr. Ich werde Fackeln bringen lassen.«

»Wollen Sie denn lesen?«

»Ich habe Angst vor der Dämmerung. Ich bin verrückt, nicht wahr? Am Morgen esse ich mit Wäldern belegte Brote, am Mittag hängt die Orange an der Decke, am Abend schreibe ich mit der Spitze meines Regenschirms in den Kies der Grünanlagen die Buchstaben eines Namens, den ...«

»Den Namen wessen?«

»Einen Namen, ich wollte sagen: ein Wort, das mir so gerade in den Sinn kommt. Zum Beispiel ...«

»Aber lügen Sie nicht.«

»Für wen halten Sie mich? Zum Beispiel SORGE, LIED, GRÖSSE. Stehen Sie nicht auf, ich gebe Ihnen, was Sie wollen.«

»Ich will nichts. Ach ja, diesen Kieselstein. Danke. Ihre Hand ist sehr schön für eine Blume. Kommen Sie näher, klares Wasser. Es macht Ihnen doch nichts aus, daß ich Sie so nenne?«

»Das läßt mich zu Eiswürfeln erstarren. Drücken Sie mein Handgelenk nicht so fest: Sie merken gar nicht, was für eine Kraft Sie haben.«

»Warum, kleine Seeotter, läßt du deine Schleier auf die Erde gleiten?«

»Ich, ich? Aus Gewohnheit, aus Versehen, aus Furcht vor der Lächerlichkeit.«

»Warum zitterst du?«

»Weil Sie mich ansehen, weil meine Haare durcheinander sind, weil ich im Wald von einem grünen Baum erwartet werde, in den ich schon öfters die verschiedensten Initialen eingeritzt habe.«

»Dein Mund ist voller Sterne, lach mal ein bißchen.«

»Ich wage es nicht.«

»Deine Lippen sind Sommer.«

»Ah! Es ist schön wie im Theater.«

»Es geht schon wieder los!« sagte Telemach in seinem Dickicht. »Lassen wir diese Känguruhs da in Ruhe, und gehen wir schlafen.«

An der Schwelle zur Grotte fand Telemach, was ihm gar nicht gelegen kam, Eucharis, die auf seine Rückkehr lauerte. Er sagte ihr guten Abend, küßte sie auf die Stirn und wollte sie verabschieden. Doch sie protestierte und gab ihm zu verstehen, daß seine Ehre ihn verpflichte, gut gelaunt zu erscheinen und seine Eroberung vorzuführen: »Glaubst du«, fügte sie hinzu, »ich nehme einen Liebhaber bloß um seiner schönen Augen willen? Eine Nymphe braucht einen Mann, vor dem sie reden und mit dem sie auf den Wiesen ohne Angst vor den Satyrn spaziergengehen kann. Den ganzen Tag auf der Jagd sein, spät heimkommen, in Stiefeln zu Bett gehen, beim Erwachen die zärtliche Dienerin schikanieren, so verliefe euer Leben, ihr Grobiane von Männern, wenn wir da nicht Ordnung hineinbrächten. Telemach, kommen Sie augenblicklich mit ins Theater! Eine Gruppe theaterbegeisterter Tritonen gibt heute abend eine Vorstellung in dem kleinen Ort Falsch-Fels; die ganze Insel strömt dorthin. Sehen Sie her: ich habe meinen Lichtbogen angelegt, meine Gewitter, meinen ausdrucksvollsten Blick. Bin ich nicht schön so, und brennen Sie nicht darauf, sich neben mir zu zeigen? Kleiden Sie sich schnell an. Hier haben Sie eine Mondnadel: streuen Sie über Ihre Haare den Goldkäfer-Puder.«
Der Ort Falsch-Fels war eine Wolkenarena auf freiem Feld. Die Stufenbänke vibrierten unter einem Volk von Gottheiten, das den Himmel erklomm. Die Handlung, die schon voll im Gange war, als Eucharis und Telemach ankamen, spielte sich auf einer Mittelbühne aus leuchtendem Wasser ab. Eine Gruppe von Tritonen stellte

einen Chor in die Wahrheit verliebter junger Männer dar und sang mit getragener Stimme die Gebote der Weisheit. Andere Schauspieler, die als Greise verkleidet waren, machten sich über sie lustig und unterbrachen ihren Vortrag, indem sie in kleine Eisentrompeten bliesen. Die jungen Männer sangen vom Leben; es plagten sie Skrupel, schöner als der Tag; und selbst in dem Augenblick, in dem sie sich aufrichtig vorkamen, glaubten sie noch zu lügen. »Ich lüge, wenn ich sage, daß ich lüge«, sie verloren sich unablässig in der Tiefe dieses Labyrinths: im Syllogismus des Epimenides. Dann lachten die Greise, streckten die Zunge heraus und fragten sie, ob sie etwa siebenundfünfzig Jahre lang in einer Höhle geschlafen hätten. Gleichzeitig feierten die Greise einen kindischen Kult: sie huldigten Steinen, Kartonstücken, dem tönenden Wind, den einige von ihnen großen hölzernen Maschinen entlockten, sowie den Worten der Schwächlichsten. Die jungen Männer ihrerseits schüttelten durch heftiges Lachen die Kakteen, die über ihre Köpfe ragten, und brachten mit ihren Spottversen diese lächerlichen Frömmler in Wut. Es kam zu einer burlesken Schlacht. »Finden Sie das lustig?« fragte Telemach Eucharis, doch diese klatschte, wie die anderen Nymphen, in die Hände und warf den Schauspielern ihre Armbänder und Fingerringe zu. In der großen Loge, der sich die Chorführer zuwandten, unterhielten sich Mentor und Kalypso mit dem Gott Neptun, den die Göttin eingeladen hatte: dieser rauchte eine Schaumpfeife und schickte von Zeit zu Zeit Korallenbäume auf die Bühne. Telemach bemühte sich, der Komödie zu folgen. In diesem Augenblick trat einer der jungen Tritonen zum Proszenium vor und verneigte sich vor Kalypso:

So langsam ich auch die Lider öffne, sagte er, *meine Augen vermögen nur ein einziges Licht zu ertragen, das für sie sanfter ist als Ihr Zorn meinem Herzen: die Freundschaft, an der die Zweifel in kleinen ohnmächtigen Rüschen ersterben. Sie führt mich ans Ende der Welt, sie richtet mich zugrunde, und ich warte.*

Heute sehen Sie mich entsetzlich traurig. Alles, was sich aus meinem Herzen löst, ist eine Rakete ohne Feuer. Dieses Bild wird Ihnen nicht gefallen. Schon beginne ich Sie zu langweilen. Ich werde Sie nicht einmal mehr beleidigen. Man weiß nicht, wo die Ermüdung beginnt, man weiß nicht, wo sie endet. Ich schaue Sie an, und Sie schauen mich an. Welch harmlose Schmach werden Sie mir wohl als geweihten Palmzweig entgegenwerfen? Es geht mir nicht darum, Ihnen Schweigen aufzuerlegen oder Sie zum Schreien zu bringen. Ich kenne heute nur mehr diese große Leere in mir, wegen all derer, die meine Freunde sind, so wie die Wassertropfen des Flusses die Freunde des Tropfens sind, den sie zum Meere mit sich forttragen. Wenn Sie für jemanden bürgen wollen, sagen Sie: ich bin seiner so sicher wie meiner selbst. Nun, wenn es auf der Welt einen Menschen gibt, dessen ich psychologisch nicht sicher sein kann, so bin ich das. Ich kenne mein Gesetz nicht; welch kontinuierliche Veränderung erlaubt es denn, daß die anderen mich wiedererkennen und mich bei meinem Namen nennen? Ich kann mich nicht im Profil sehen. Jeden Augenblick verrate ich mich, dementiere ich mich, widerspreche ich mir. Ich bin nicht der, in den ich mein Vertrauen setzen werde. Das ist kein Grund zum Verzweifeln. Aber Sie wissen ja, daß ein Blick meiner Freunde genügt, um meine Pläne umzustürzen, darum eben sind wir Freunde. Ich lasse alles im Stich, um mit ihnen meine

Zeit zu verlieren, ja ich gebe mich selbst auf. Vermutlich glauben Sie, ich habe zu ihnen jenes Vertrauen, das ich zu mir selber nicht habe? Das wäre ein Irrtum. Ich kenne ihre Fehler, tausenderlei Dinge stören mich an ihnen. Sie tun, was ich um alles Gold der Welt nicht täte.

Ich weiß, daß sie mich nicht besonders gern haben. Seit langem tragen wir nicht mehr diese kleinen Waagen mit uns herum, die den persönlichen Wert messen. Ich glaube an meine Feunde genauso wenig, wie ich an mich selber glaube.

Meine Freunde sind jene, denen ich mich aus blödsinnigen, aber in meinem Herzen starken Gründen ausgeliefert habe. Ein Sturzbach reißt mich fort, und ich erkenne ihn als meinen Herrn an, und ich schmeichle ihm mit meiner Stimme.

Ihr, die ihr da in diesem Saal wie eine Dreckpfütze erstarrt seid, fragt mich nicht, welchen Weg ich einschlagen werde, um aus dieser Welt herauszukommen, und fragt auch nicht, was mich einer fremden Kraft unterwirft. Der Mensch, dessen Körper nunmehr im Räderwerk gefangen ist, spricht zu euch voller Gelassenheit: lauscht nicht den Wörtern, die er bildet, vernehmt nur den eintönigen Gesang seiner Lippen.

Heute seht ihr mich entsetzlich traurig.

. . . .

. . . .

. . . .

. . . .

. . . .

. . . .

. . . .

. . . .

. . . .

. . . .

»Wie heißt denn dieses Stück?« fragte Telemach gähnend.

Eucharis antwortete: *»Die Abenteuer des Telemach*, mein Liebling.«

BUCH IV

Freitag oder Sonntag, für mich ist es Montag.

FRANCIS PICABIA
Poésie Ron-Ron

Neptun hatte nach Ogygia großartige Geschenke für die schöne Kalypso mitgebracht. Während am Abend nach der Theateraufführung in Falsch-Fels dieser Gott, Mentor, Telemach und ihre Gastgeberin zusammen mit den vertrautesten Nymphen auf den wollüstig mit Küssen geschmückten Ruhebetten ausgestreckt lagen, breiteten wendige Fische diese wunderbaren, aus den Meeresgründen stammenden Gaben vor den Gästen aus. In Brunnenschalen aus flüssiger Lava schlummerte die Woge der unter den Meeren liegenden Seen, die in Felshöhlen eingeschlossen sind, auf denen tönende Wälder wachsen. Fliegende Delphine rollten Felle aus, die wie der Sand der Niederungen schillerten oder wie der sanfte Blick Arethusas, der lächelnden Quelle aus dem Innern der Meere. Die grünen Gewebe der Strömungen, die phosphoreszierenden Vliese der Tiefen wurden auf den rosafarbenen Granit der oberirdischen Grotte geworfen. Unbewußte Schätze der Ozeane, saftige Früchte verborgener Winkel, das waren Gedanken der Vergangenheit, die seit dem Chaos nach und nach ins Wasser gefallenen Tage, die verlorenen Wünsche der versunkenen Jahrhunderte. Da gab es auch Schattenstoffe, lustvolle Verbrechen, Interferenzen aller irdischen Laster, Paroxysmen der Nächte. Telemach seinerseits bekam drei Flaschen; die Fluten der Zeit hatten sie angeschwemmt, Hände in Not hatten sie später in den ansteigenden Lauf der Zeitalter geworfen, auf fernen Korallenriffen waren sie gestrandet, und ein von der Liebe zufällig an die Grenzen der Welt verschlagener Triton hatte sie entdeckt. Auf diesen Gläsern, die wahrscheinlich wichtige Geheimnisse des Lebens bargen, konnte man die reliefartig geformten Buchstaben dreier Wörter lesen:

OLD TOM
GIN

Kalypso, Eucharis und all die anderen Nymphen baten den jungen Prinzen, diese durchsichtigen Geheimnisse sogleich zu öffnen. Telemach, der seinem Meister nicht mehr dieselbe Achtung entgegenbrachte, seitdem er ihn bei Kalypso überrascht hatte, Telemach, empfänglich für die Koketterien dieser Göttin und überzeugt, daß Mentor aus Eifersucht ihn daran hindern wollte, seiner Geliebten zu gefallen, Telemach also versuchte, den Ratschlägen Mentors zum Trotz, die erste Flasche zu entkorken, doch vergeblich. Neptun bot seinerseits alle Kräfte auf, ohne Erfolg. Alle anwesenden Gottheiten zerschunden sich ihre ungeduldigen Handflächen bei dem Versuch, diesen jahrhundertealten, mit der Kehrseite in den Flaschenhals verankerten Korken herauszuziehen. Schon verfaßte Kalypso ein Briefchen an Vulkan; schon glättete der Zephir, der es zu den Schmieden Siziliens bringen sollte, seine Flügel mit dem Wasser der Berge, als, zur allgemeinen Erheiterung, Mentor die Flasche verlangte; Eucharis konnte sich vor Lachen nicht halten angesichts einer derartigen Anmaßung von seiten eines sonst so weisen und vorsichtigen Greises. Neptun lachte in seinen Bart, und Freudenströme rollten aus seinen Augen. Da packte Mentor die Flasche, schwang sie und schmetterte sie gegen einen Felsen.

Ein Papier kam aus den Scherben hervor. Telemach riß es an sich und wollte es lesen, doch zu seiner Verärgerung verstand er nichts von den verzerrten Schriftzeichen dieses Dokuments. Mentor nahm Telemach das Blatt aus der Hand und übersetzte ohne Schwierigkeit:

ANDERSWO, IRGENDWANN EINMAL

Würde es mir, der ich ans Ufer eines bodenlosen Sees verschlagen bin, in dem sich ein unbekannter Himmel spiegelt, jemals gelingen, die menschlichen Jahrhunderte, deren verwischte Spur offenbar diese Gefilde nicht kreuzen kann, mit meiner Existenz zu verbinden? Ich habe sogar die Richtung der Zeit vergessen: gehe ich zum Gestern oder zum Morgen hin, nichts könnte dies entscheiden. Hier läßt sich nicht erfahren, ob die Zeitalter für immer stehengeblieben sind oder ob sich ihre Flucht überstürzt, gleich einem Stein, der immer schneller fällt, je mehr er sich dem Boden nähert. O hätt' ich nur einen Zeitmesser, und ich könnte mich von diesen Ungewißheiten befreien! Eine diffuse Helligkeit liegt ständig über dieser Welt, und die Sonne des Raums, die auch die der Zeit ist, hat dieses ewig gleiche Firmament verlassen. Das schöne flüssige Vlies, das meinen Horizont bildet, rundet sich zum Westen hin ab und empfängt im Nordwesten einen Wasserlauf, der aus dem Norden kommt. Wie ich mit Hilfe des Kompasses feststellen konnte, scheint seine Richtung Nord-Nordost und Süd-Südwest zu sein. Aber wie ließe sich die Ausdehnung des Sees ermessen? Ich bin mehrmals um ihn herumgegangen, ohne daß ich die Dauer der Wanderung auf ein Jahr oder eine Minute genau hätte bestimmen können. Indes hatte ich den Umfang zuerst auf hundert Kilometer geschätzt. Neuere Vermutungen haben mich veranlaßt, die Zahl zu erhöhen und einhundertfünfzig oder einhundertsechzig anzusetzen. Die wirkliche Ausdehnung dürfte wahrscheinlich zwischen den beiden Werten liegen. Die Zeit, die ich für diese Strecke brauche, kann mir nicht als Anhaltspunkt dienen: sie variiert von ein paar Gedanken bis hin zu einem Ödland von Langeweile und Ungeduld. Die Schläge meines Pulses unterrichten mich nicht besser; ihre Unregelmäßigkeit rührt wahrscheinlich von meiner Unfähigkeit her, jede Gleichmäßigkeit inmitten dieser bestürzenden Natur abzuschätzen. Die Pflanzenarten folgen in ihrem Wachstum nicht dem üblichen Entwicklungsplan: die Blumen werden zu Wurzeln, die Bäume schlagen zum Boden hin aus. Plötzlich bilde ich mir ein zu altern, während ich gerade meine Augenlider öffne. Ich bin wirklich eine schlechte Sanduhr.

Wie konnte ich mich nur in der Zeit verirren, ich frage es mich immer noch. Mit Vergnügen war ich der Einladung eines Freundes, des seit kurzem verheirateten Céleste P..., in seine Villa in der Normandie gefolgt. Paris entvölkerte sich, und ein paar Tage am Meer in der salzigen Frische und der reinen Luft zu verbringen, konnte mir nur willkommen sein. Ich ahnte indes kaum, welche Erschütterungen in diesem ruhigen und erholsamen Land auf mich warteten. Es war ein herrlicher Tag gewesen. Der Staub war in die Reisewagen eingedrungen, aber als wir uns dem Meere näherten, begann sich eine köstliche Frische über die Herzen zu legen. Als ich aus dem Zug ausstieg, schaute ich um mich und sah, daß der Himmel himmelblau war. Céleste kam mit ausgestreckter Hand auf mich zu. Plötzlich werde ich abgelenkt, ich denke an etwas anderes: hat man erst einmal an etwas anderes gedacht, ist es aus. Es ist mir unmöglich, zu meinem Ausgangspunkt zurück-

zukehren, und so ganz allmählich befinde ich mich in einer Wüstengegend in einer unbestimmten Epoche des Universums. Zuerst verstand ich nicht, was mit mir geschah. Ich sagte mir: »Das wird nicht von Dauer sein.« Jetzt weiß ich nicht einmal mehr, ob es noch dauert.

Ich habe die Gewißheit erlangt, daß es in der zeitlichen Sackgasse, in die ich mich verirrt habe, keine lebende Seele gibt. Einzig ein Leidensgefährte würde mir erlauben, das Leben wiederzugewinnen. Zu zweit würden wir die Zeit wiederherstellen. Das wäre eine Sache des Vergleichs. Doch alleine entgleite ich mir, weil ich mich für identisch halte: wenn ich von einer Minute auf die andere derselbe bleibe, wie kann ich dann die bei dieser Zeigerbewegung erworbene Qualität spüren? Schließlich empfinde ich die Kontinuität meines Denkens nicht mehr; zeitweise, ehrlich gesagt. Denn im allgemeinen ist für mich in der Einsamkeit alles logisch, und wenn ich für fragwürdige Retter, für Wilde ohne Augen oder für die stummen Fluten schreibe, die meine Flasche mit sich forttragen werden, kann ich nicht mehr sicher sein, daß jemals ein anderer Mensch als ich die Sprache, derer ich mich bediene, verstehen wird. Wiederzulesen, was ich geschrieben habe, ist mir unmöglich: ich bin mir selber nur im Augenblick verständlich. Die Wörter, die sich einstellen, nehmen manchmal eigenartige Gesichter an, nackte und voneinander verschiedene, wahrscheinlich. Geplatzte Luftballons. Der Zeitvertreib, die Vergnügungen, die Mußestunden erscheinen mir als seltsame Gewohnheiten: am geheimnisvollsten finde ich das Feuer. Der Roman, den ich während der Reise in meiner Tasche hatte, ist dort geblieben, und in ihm finde ich meine einzigen Erinnerungen an das menschliche

Leben wieder. Ein paradoxes, von den elementarsten Fragen begrenztes Leben. Ich greife ein Beispiel aus meinem Buch heraus, die Gestalt namens Georg, ein Hotelier. Die Aushängeschilder der einzelnen Berufe wiegen sich melancholisch in der blauen Stadt des Blikkes. Diese sich selbst gesetzte Grenze, der Stechpalmenzweig, den der Mensch eines Morgens über seine Tür hängt, verdammt ihn dazu, in alle Ewigkeit nur mehr der Herbergsvater zu sein. In den Büchern beginnen plötzlich zwischen den konventionellen Gestalten, die man sein möchte, Lichter zu leuchten. Die Wahl zwischen zwei Schicksalen verliert sich tragisch in den ungeordneten Bewegungen des Herzens. Eine sehr schöne Frau, zwei oder drei außergewöhnliche Exaltationen, ein Augenblick vollkommenen Glücks, das ganze Leben eines Weltbürgers besteht nur in ein paar Metaphern, die trauriger und vulgärer sind als eine Schreinerwerkstatt. Starren die Augen ins Leere, fühlt man, wie sich in der Brust das Bild des blauroten Unendlichen zusammenfügt, in dem das Leben mit bekannter Schnelligkeit dahineilt. Akkommodiert man die Augen, um das Universum zu betrachten oder um sein Herz zu befragen, so geschieht das eine wie das andere nicht ohne Anstrengung. Alles endet mit einer im Winde hin und her schaukelnden Straßenlaterne und später mit Pferden, die zufrieden sind, daß sie endlich, nachdem sie den Kasten abgeliefert haben, über das Pflaster der Vorstädte traben können.

Boden der unzusammenhängenden Schreie, wildwuchernde Pflanzen, die Erde rennt wer weiß wohin, und wir klemmen die Tafeln des physikalischen Gesetzes mit beifälligem Lächeln unter den Arm. In welch naiver Weise binden wir mit Formelbändern einen Gänse-

blümchen- und Rosenstrauß zusammen, die Funktionen des Raumes und der Zeit, die sich das nachsichtig gefallen lassen! Währenddessen fühle ich immer mehr, ich wollte sagen, jeden Tag, wie die Elemente der Erkenntnis trübe werden, dahinschmelzen. Ich brauche nur noch zwei oder drei Begriffe entweichen zu lassen, und es ist aus mit jeder Möglichkeit einer Rückkehr ins Land der Uhren. Was ich fürchte, ist eine langsame Auflösung meiner Persönlichkeit. Da ich ja allein bin, kann ich nicht den Verstand verlieren. Die Schwämme des Schweigens, die Kristalle der Leere, wo war ich denn gerade? Ich bin ein Radfahrer, der verzweifelt ins Pedal tritt, nachdem er sein Hinterrad verloren hat, und der sich wunderbarerweise auf einer einzigen, immer wieder neuen Umdrehung hält. Schleichend wie ein Wolf legt die Angst ihren kleinen Gewittertag zurück. Ich ersticke mehr oder weniger, je nach den Takten der Atmung, da ich sie nicht erkennen kann. Unglaublich, was in diesem Bordell aus der Sinnlichkeit geworden ist. Die geometrische Reihe des Begehrens kann man sich nicht außerhalb jeder zeitlichen Abfolge vorstellen. Die vier Rechnungsarten, das ist hübsch gesagt! Essigfliege, Tintenfaß der Wolken, wer wird mir die mit einem Eiffelturm-Relief geschmückte Waffel wiedergeben, die Lichterstadt, wie man sie nennt?

. . . .

. . . .

»Halt mal«, sagte Kalypso, »ich hatte geglaubt, es sollte hier von Liebe geredet werden. Na, da hab' ich mich ja schön getäuscht.«

Schon zerschlug Mentor die zweite Flasche. Sie schien leer zu sein. Man mußte sie schütteln, um ein zusammengerolltes, zerknittertes Blatt herauszubekommen; der Greis begann es laut vorzulesen:

VERSUCHE ZUR KONTAKTAUFNAHME MIT DEM MARS

New York, den 16. Mai

Doktor Frederick Millener konnte sich davon überzeugen, daß uns der Planet Mars während der drei Tage, an denen sein Abstand zur Erde am geringsten war, keine Funkbotschaft gesendet hat. Er hatte zu diesem Zweck in der Nähe von Omaha, im Staate Nebraska, einen fabelhaft ausgeklügelten Apparat aufgestellt. Die Empfangsantenne bestand aus fünfunddreißig Meilen Draht, die an Masten befestigt waren und ungefähr fünfundzwanzig Quadratmeilen bedeckten. Nachdem er sieben Tage lang vergeblich gelauscht hatte, war er in der Lage, mitzuteilen, daß der Mars nicht versuchte, mit der Erde in Verbindung zu treten. Nach seinem Experiment gab der Professor folgende Erklärungen ab:

»Wir sind vom negativen Ergebnis des Experiments nicht enttäuscht. Wir haben es nicht unternommen, um nachzuweisen, daß Funksignale gesendet wurden, sondern einfach, um herauszufinden, ob solche Signale gesendet wurden. Wir wären glücklich gewesen, hätten wir der Welt den Empfang von Signalen, die von einem anderen Planeten kommen, verkünden können. Im übrigen sind wir uns darüber im klaren, daß in irgendeiner Epoche der Zukunft durchaus interplanetarische Verbindungen hergestellt werden können, vorausgesetzt, auf den anderen Planeten leben vernunftbegabte Wesen.

Während der ersten Nacht begannen wir um acht Uhr abends mit dem Lauschmanöver. Wir benützten zuerst Wellenlängen zwischen 15 000 und 18 000 Meter. Mehrere Stunden lang schien es so, als hörten wir alles, was sich auf der ganzen Welt ereignete. Wir hörten Berlin,

Mexiko und alle wichtigen Sender. Dann brach irgendwo ein heftiges Gewitter aus; das Krachen des Donners war dem Lärm vergleichbar, den ein heftiger Hagel auf einem Zinkdach verursacht hätte. Gegen zwei Uhr morgens wurde es wieder ruhig. Wir gingen dann auf längere Wellen über: das führte uns in extrem weit von der Erde entfernte Regionen. In diesem Augenblick herrschte Totenstille. Während einiger Stunden erhöhten wir stufenweise die Wellenlänge, bis wir schließlich auf 300000 Meter kamen, doch weiterhin ohne das geringste Ergebnis. Nun, wenn die anderen Planeten bewohnt sind, wenn die Wissenschaft auf diesen Planeten dieselben Fortschritte gemacht hat wie bei uns, dann müssen ihre Bewohner eine exakte Kenntnis der Erdbewegung besitzen.«
»Diesmal«, sagte Telemach, »verstehe ich gar nichts mehr. Die Sibylle drückt sich klarer aus, Delphi deutlicher: selten habe ich einen so vollkommenen Eindruck von Nacht empfunden.«

Die dritte Flasche wurde mühelos entkorkt, und als Mentor aus ihr ein Manuskript mit violetten Schriftzeichen herausgezogen hatte, nahm eine Nymphe die Flasche heimlich an sich, um sie an einen Ehrenplatz auf dem Kamin ihres Salons zu stellen. Mentor las dann:

Hallo, Kleine, Dorfkirche hinter den Abwesenheitsebenen hierherum. Inmitten der unregelmäßigen Furchen der Horizont, dreht euch. Sie, an eben dem Ort, durch den, durch den. Die Augen des Unbekannten sind Spielkarten. Wir suchen dieses für immer Verlorene, dieses Gesicht, gebräunt von aber um mit einer. Verfehltes Abenteuer. Die Blicke der sind vorübergezogen

Fahrräder lassen eine gestreifte Piste in unserem Herzen zurück. Ein Mann oder eine junge Frau trägt mit sich fort warum wie ein wurde kaum geboren bevor wir es ihm schnell in den Wäldern. Die Schlehen des Hügels Schreie wird stehenbleiben mit o saure Nackte während, nützt es aus, uns die Höflichkeit, dieser Ölmotor, verbrennt. Einer querfeldein warnt mich, und ich drehe mich um, als die große Dreschmaschine, Madame im Gespräch. Sie am Geländer einer Treppe von gar nicht so kleinen Wolken des Lächelns in den Katalogen der Kaufhäuser und denn um Schultern wird schlingen Schlange begehrte es. Was das Glück betrifft, wenn ein Kopfhaar von oben nach unten im Lärm der küßten auf den Brennesseln, der Friede. Das ist wie, Aneroidbarometer. Jenseits meiner besaßen ich zum Beispiel die Liebe genug. Entschluß. Entschlüsse schmilzt werden zu. Entronnen, der sehr schöne, sehr reine Ton h, der Prüfstein von allem, laßt uns schätzen. Den Liebkosungen preisgegeben eines schönen Tages erschien weil. Um hämisch zu lachen bedarf es einer ziemlichen Gefühlsbewegung. Jetzt den Sternen gleich, gestern wie von nun an, morgen wie noch nie. Ich sage dasselbe wie mein du und wir Stein in der Leere Zukunft in den Händen des es blüht. Mit den Jalousien von also Kohlenbaum Erinnerungen lebte wird unbeweglich werden fuhren wir entlang dem Strom den wievielten haben wir heute und vor den Sesseln aus rotem Plüsch. Rad schreibe das Ziel später, geschwenktes Taschentuch ich warte: Seeleute zieht eures Weges.

»Vom als bis zur Wollust hüpften die Ichs Kindheit mit werden bedauern ihr Staub des der oder des die von Anfang an.« So ermahnen mich die vernünftigen Leute

zum Widerstand. Scherz scheinen bekannt daß himmlische gierige Kulisse mich aus Gewohnheit für unzuständig erklärt hat zerbrechen werden. Romanstille, die Uhren mit bravem Deckblatt des doch urteiltet ihr: Guten Tag und.
Mein Leben ist in jemandes Kielwasser.

MARCEL

See der 4 Kantone, am 18. des Monats

Kalypsos Insel schaukelte an ihrem Haltetau.

BUCH V

»Mein Mäuschen, Schätzchen, Schnuckiputzi, meine Katze, mein Wolf, mein Äffchen, meine Riesenschlange, mein melancholisches Äffchen.«

CHARLES BAUDELAIRE
Journaux intimes

»Was willst du eigentlich von deinem Vater?« fragte Eucharis.
»Die Kenntnis der Vergangenheit, dieser Dorsalnacht, ist der Anfang jeder Erkenntnis. Zumindest behauptet man das. Das Kind lernt im Gurtleibchen gehen. Später bewegt es sich in alle Richtungen. Ich schwimme auf dem Rücken in der Zeit: das nenne ich, in meiner Spezialsprache, Odysseus suchen. Wäre ich erst einmal Meister der mechanischen Geheimnisse, wohin würde ich da nicht überall gehen? Rechts schwenkt marsch in die Jahrhunderte. Danach werde ich mich im Laufschritt üben. Vielleicht lassen sich die Regionen des Lebens unendlich ausdehnen; wenn wir Bescheid wüßten, würden wir niemals sterben.« Telemach legte seinen Gewitterkopf zwischen Eucharis' Brüste, und seine Stimme, eine Meereswoge, erstarb an diesen goldenen Hügeln.
»Eucharis«, sagte er.
»Telemach?«

»Eucharis, Eu-

charis, Eucharis, Eucharis, Eucharis, Eucharis, Eucha-
ris, Eucharis, Eucharis, Eucharis, Eucharis, Eucharis,
Eucharis, Eucharis, Eucharis, Eucharis, Eucharis, Eu-
charis, Eucharis, Eucharis, Eucharis, Eucharis, Eucha-
ris, Eucharis, Eucharis, Eucharis, Eucharis, Eucharis,
Eucharis, Eucharis, Eucharis, Eucharis, Eucharis, Eu-
charis, Eucharis, Eucharis, Eucharis, Eucharis, Eucha-
ris, Eucharis, Eucharis, Eucharis, Eucharis, Eucharis,
Eucharis, Eucharis, Eucharis, Eucharis, Eucharis, Eu-
charis, Eucharis, Eucharis, Eucharis, Eucharis, Eucha-
ris, Eucharis, Eucharis, Eucharis, Eucharis, Eucharis,
Eucharis, Eucharis, Eucharis, Eucharis, Eucharis, Eu-
charis, Eucharis, Eucharis, Eucharis, Eucharis, Eucha-
ris, Eucharis, Eucharis, Eucharis, Eucharis, Eucharis,
Eucharis, Eucharis, Eucharis, Eucharis, Eucharis, Eu-
charis, Eucharis, Eucharis, Eucharis, Eucharis, Eucha-
ris, Eucharis, Eucharis, Eucharis, Eucharis, Eucharis,
Eucharis, Eucharis, Eucharis, Eucharis, Eucharis, Eu-
charis, Eucharis, Eucharis, Eucharis, Eucharis, Eucha-
ris, Eucharis, Eucharis, Eucharis, Eucharis, Eucharis,
Eucharis, Eucharis, Eucharis, Eucharis, Eucharis, Eu-
charis, Eucharis, Eucharis, Eucharis, Eucharis, Eucha-
ris, Eucharis, Eucharis, Eucharis, Eucharis, Eucharis,
Eucharis, Eucharis, Eucharis, Eucharis, Eucharis, Eu-
charis, Eucharis, Eucharis, Eucharis, Eucharis, Eucha-
ris, Eucharis, Eucharis, Eucharis, Eucharis, Eucharis,
Eucharis, Eucharis, Eucharis, Eucharis, Eucharis, Eu-
charis, Eucharis, Eucharis, Eucharis, Eucharis, Eucha-
ris, Eucharis, Eucharis, Eucharis, Eucharis, Eucharis,
Eucharis, Eucharis, Eucharis, Eucharis, Eucharis, Eu-
charis, Eucharis, Eucharis, Eucharis, Eucharis, Eucha-
ris, Eucharis, Eucharis, Eucharis, Eucharis, Eucharis,
Eucharis, Eucharis, Eucharis, Eucharis, Eucharis, Eu-
charis, Eucharis, Eucharis, Eucharis, Eucharis, Eucha-

ris, Eucharis, meine kleine Goldlokomotive, Eucharis.

Es stört der trübe Ton der Scheiben
Am Fensterkreuz das Tageslicht,
Mein Herz, es wagt es einfach nicht,
Deine Entdeckung zu betreiben[1].

Eucharis, Eucha-

1 Ogygischer Schlager.

ris, Eucharis. Eucharis, Eucharis, Eucharis, Eucharis, Eucharis, Eucharis, Eucharis, Eucharis, Eucharis, Eucharis, Eucharis, Eucharis, Eucharis, Eucharis, Eucharis, Eucharis, Eucharis.»

BUCH VI

Verscheucht die Ungläubigkeit: ihr würdet mir einen Gefallen tun.

ISIDORE DUCASSE
Poésies

»Haben Sie meine Lehren vergessen«, fragte Mentor Telemach, »daß Sie sich von imaginären Todesfällen bedrücken lassen, mit deren Voraussage die gerissene Kalypso sich einbildet, Sie auf ihrer Insel halten zu können? Neulich Odysseus; heute morgen Penelope. Der Tod existiert nur in der Zeit, einer reinen Erfindung der Sprache. Weil die Zeit eine Methode ist, die nur ungetreu die Tatsachen wiedergibt, wird sie eines Tages von den Menschen zugunsten eines bequemeren Ausdruckssystems aufgegeben werden. Sie können sicher sein, daß dann die Ewigkeit zu etwas Unmittelbarem wird. Die Schwäche des Begriffs Zeit erkennt man gerade an der Sprache, denn diese macht ihn ja erst zu einer Realität: das Band zwischen Zeit und Sprache ist nur scheinbar ein notwendiges, das Vokabular des Raumes tritt an seine Stelle, und wir verwenden einen einzigen Begriff für zwei verschiedene Zwecke. Die Idee der Zeit erscheint an und für sich als etwas Dunkles, aber der Geist erfaßt sie über einen Umweg, und zwar in Funktion zu den Ereignissen, die sich so wenig von ihrer eigenen Dauer unterscheiden, daß diese ihnen in der Volkssprache als Name dient. Daher die beiden entgegengesetzten Verfahren: man sagt für ›Ernte‹ ›August‹ oder für ›Jahre‹ ›Blätter‹. Will man sich eine sehr kurze Dauer als Augenzwinkern, Blitz usw. vorstellen, verlangt dies eine Anstrengung der Phantasie. Doch wenn man, aus Gründen der Koinzidenz, von einem ›Umhang‹[1] ›Ballcape‹[2] sagt, dann läuft dies nur auf die Ausweitung der Bedeutung eines Begriffs hinaus. Das erste Verfahren läßt sich nicht ohne Mühe durchführen; es ist letztlich nur eine Metapher; auch eine Konvention. Das zweite Verfahren befriedigt mich mehr: was mir unverständlich schien, z. B. die Formulierung ›hundert Jahre‹, bezeichnen meine Zeitgenossen mit den Wörtern ›das Jahrhundert‹, und so wird mir durch bloße Substitution ein Begriff klar und abgegrenzt.«

»Sie scheinen lieber dem Raum als der Zeit zu vertrauen.«

»Sie haben recht; ich empfinde dem Raum gegenüber eine gewisse Zärtlichkeit, und zwar weil sich meine Wollust räumlich entfaltet, während sie von der Zeit begrenzt wird. Aber lassen Sie mich endlich in Ruhe oder studieren Sie erst einmal das *Flugblatt über die Präposition ›nach‹:* lernen Sie, eine Stunde lang über die metaleptische Katachrese zu sprechen, vielleicht reden Sie dann nicht mehr so leichtfertig drauflos.«

»An dem Tag, an dem ich nicht mehr leichtfertig rede, werden Sie, trotz Ihres Glaubens an die Unsterblichkeit, trotz Ihres Alters, das noch vitaler ist als die Schmetterlingsnetze des Frühlings, tot sein, Mentor, mausetot.«

»Man könnte meinen, Sie freuten sich über diese Aussicht.«

»Ich beginne ja auch, Sie genauso wie die anderen Greise zu verachten. Sie leugnen die Zeit, die mir Ihnen gegenüber einen Vorteil verschafft; Ihr weißhaariger Schädel sagt nein zum Leben, unter dem Vorwand, den Tod zurückzuweisen, aber ich, ich, Telemach, die Ge-

1 Frz.: mante. (Anm. d. Ü.)
2 Frz.: sortie de bal. (Anm. d. Ü.)

schmeidigkeit und die Kraft, die unermüdliche Rückkehr der Anstrengung zu ihrem Ausgangspunkt, ich, der ich sicher auf der Erde stehe, lasse mich nicht täuschen und lache mir eins. Wissen Sie, wenn Sie tot sind, werde ich von Ihnen mit verhaltener Emotion sprechen und in Streitgesprächen mich Ihrer Autorität bedienen, um Axiomen Anerkennung zu verschaffen, die meine These stützen. Ich verachte Sie wegen Ihres Schwachsinns, doch gehören Sie mir in der Zukunft, wie die Vergangenheit der Gegenwart gehört, die sie benützt, über sie lacht und sie verschleudert.«

»Na also, allmählich verstehen wir uns. Sie machen erstaunliche Fortschritte.«

»Sie ahnen gar nicht, wie recht Sie haben. Den Mantel der Ergebenheit lüftet eines schönen Tages der Wind. Man entdeckt, wenn Mentor hartnäckig die Treulosigkeit Kalypsos beweisen will, welches Band ihn eifersüchtig an diese Schönheit fesselt, die ihrerseits freilich dezenteren Liebesabenteuern zugetan ist.«

»Den Sohn des Odysseus wird man unter den anderen Menschen immer an der Mäßigung seiner Worte erkennen.«

»Alter Heuchler, während Sie schliefen, hab' ich auf Ihrer Brust diese Tätowierung gesehen, diesen Hautkomplex, dieses Zeugnis über die Jahre hinweg, diesen zynischen Begleiter der Perversität. Aber selbst jetzt, da ich Ihnen die Maske herunterreiße, zeigt Ihr Gesicht noch diese würdevolle Miene, die Sie niemals ablegen.«

»Ich bin gespannt, zu welch extremen Handlungen Sie diese schwerwiegenden Entdeckungen noch treiben werden.«

»Ihre Neugierde soll befriedigt werden: ich gehe jetzt zu Kalypso und lade sie ein, mit mir zu schlafen.«

»Gehen Sie nur.«

»Wir werden Sie ganz schön auslachen.«
Telemach entfernte sich, überzeugt, Mentor würde ihn sogleich zurückhalten. Nach einigen Schritten wunderte er sich, daß keine flehende Stimme seinen Namen rief. Er blieb stehen, drehte sich um und sagte: »Ich werde mit Kalypso schlafen.«
Mentor schien sich aus Höflichkeit für diese Mitteilung zu interessieren. Telemach wiederholte fassungslos: »Ich werde mit Kalypso schlafen, es sei denn, Sie geben mir einen guten Grund, es nicht zu tun.«
»Ich? Gibt es denn mehr Gründe dafür, allein zu schlafen als in Gesellschaft? Schlafen Sie nur, schlafen Sie nur. Das haben Sie auf jeden Fall wohl verdient.«
»Was, Sie halten mich nicht zurück?«
»Haben Sie Lust, mit Kalypso zu schlafen?«
»Keineswegs.«
»Dann lassen Sie sie doch bei ihren Nymphen.«
»Ah, jetzt hab' ich Sie erwischt, ich eile in ihr Bett.«
Mentor zuckte die Achseln und begann, mit einem Kieselstein Ball zu spielen. Telemachs Gedanken waren indes bereits bei der Göttin, und er bemühte sich, in ihrem Bild die Rechtfertigung einer bevorstehenden Erregung zu finden. Während er übers Gebirge zur Grotte Kalypsos eilte, hätte er beinahe Eucharis umgerannt, er lief an ihr vorbei, ohne sie zu sehen. Sie schaute ihn an, begriff alles und bekam eine Nervenkrise. Er aber war schon ganz das Spielzeug seiner Phantasie, sein Eilen war noch viel zu langsam für das Drängen seines Begehrens. Doch traf er die Göttin gerade, als sie sich eingehend mit Neptun unterhielt. Sie sagte zu ihm: »Setzen Sie sich, mein Freund«, und beachtete ihn nicht weiter. Hernach empfing sie ihre Putzmacherin und besprach mit ihr Hüte. Dann verabschiedete sie Telemach mit einem Lächeln. Es packte

ihn eine irre Wut, er lief aufs Feld hinaus und schlug allen Pfifferlingen, an denen er vorbeikam, die Köpfe ab. Er dachte an Mentor und fluchte wie ein Kutscher. In einem Waldwinkel fand er Eucharis in Tränen, nannte sie eine alberne Gans, und als sie dann noch mehr schluchzte, verprügelte er sie, und als er es leid war, stillte er bei ihr das Verlangen, das er nach Kalypso gehabt hatte. Eucharis zeigte sich nicht wählerisch hinsichtlich der Qualität der Gefühle, die man ihr bezeugte. Sie war sogar so wenig anspruchsvoll in diesem Punkt, daß Telemach, als er sie verlassen hatte und nun Kalypso am Ufer eines Baches traf, ganz kleinlaut wurde, weil ihn diese Dame mit allen möglichen Seufzern und ihm peinlichen Mienen empfing. Kalypso begann zu lachen, entschuldigte sich dafür und erfand Gründe für einen so überraschenden Schwächeanfall. Doch es gelang ihr nicht, sich zu beherrschen; sie lief wie eine Verrückte davon und vergaß dabei ihre Schleier und andere weniger sittsame Accessoires. Genau in diesem Augenblick kam Telemach wieder zu Kräften. Beinahe hätte er die Fliehende zurückgerufen, aber die Angst, sich lächerlich zu machen, hielt ihn davon ab. Er stand auf, stieg ins Meer und schwamm zu einem ziemlich weit von der Küste entfernten Riff, auf das er hinaufkletterte: er setzte sich hin, riß Muscheln ab, aß sie roh und dachte dabei an den Tod. Gerade zu diesem Zeitpunkt verließ Neptum Ogygia, um in seinen Wogenpalast zurückzukehren. Als er an Telemach vorbeischwamm, rief er ihm zu, er solle doch herüberkommen; da aber der junge Mann auf seinem Felsen sitzen blieb, kreuzte er auf ihn zu und rief: »Wollen Sie mit Haifischfrauen schlafen? mit Sägefischfrauen? mit Schildkrötenfrauen? mit phosphoreszierenden Frauen? mit elektrischen Sirenen? Wollen Sie den letzten Grund der Dinge kennenlernen? das Schicksal der Seefahrer, die das Begehren der Wellen erregten? Wollen Sie Wonnen kosten, von denen die Götter nur flüsternd reden? Wollen Sie das Tier mit dem sterblichen Namen sehen, die Meeresschlange, die die Welt zerstören wird? Wollen Sie die kleinen obszönen Machenschaften des Treibsandes sehen? die Liebeleien der Algen? die submarinen Verwesungen? Hereinspaziert, hereinspaziert, bezahlt wird erst am Ende der Vorstellung!« Telemach sah das Ohrfeigengesicht der verliebten Eucharis wieder vor sich, das unverschämte Lachen Kalypsos, das Achselzucken Mentors: da sprang er, entschlossen, nicht so schnell wieder zur Insel zurückzukehren, auf den Rükken des Gottes der Meere. Es mußte eine lange Reise gewesen sein; denn dem Sohn des Odysseus war der Bart gewachsen, als er in Neptuns Palast ankam. Doch hätte er schwören können, seine Seefahrt habe nicht länger gedauert als das Intervall zwischen zwei Gezeiten. Er wurde von alten sittsamen Gottheiten empfangen, die ihn gesenkten Blickes in einen Saal aus Steinsalz führten, in dem die hinreißendsten Nacktheiten Telemachs Kommen zu erwarten schienen. Sie begannen, um ihn herumzutanzen: es waren Schwämme, Perlen, Korallen, Flechten, Muscheln, Strömungen, Seepferdchen, die gewundenen Küssen ähnelten. Sie parfümierten den Reisenden, entkleideten ihn einiger Skrupel, kämmten ihn und liebkosten ihn, daß er zu vergehen meinte. Dann begann das Fest: alles, was die Welt der Phantasiegebilde durchzieht, die öde Welt der unbenützten Räume, die unbewußte Welt der gehörnten, gefiederten, mit Kiemen ausgestatteten Tiere, die weite Welt der Blicke mit dem verrückten Keimen der vom Schnee des Windes ausgesäten Pappeln, mit den tödlichen Umarmungen der Riesenspinnen, all das stürzte – Wirbelsturm der Instinkte, Aufeinanderprall, Brand, Liebesbrunst – in das Prachtgemach, in dem Telemach zur Erkenntnis der immerwährenden Wollust geboren wurde. Die mongolische Ziege, die in uns schlummert, erwachte. Die Störe schwärmten durch die Adern. Aus der Nacht der Haare erhoben sich die Hirsche und die Vögel: die zarten Stürme der Blicke, diese kindliche Jagd, diese dunklen Gesichter bevölkerten sich. Die von den Himmelshunden mit ihren Blitzeszähnen aufgescheuchte Fauna der Gewitter – dieses Galafest der ungeordneten und verlorenen Sinne – öffnete ihre beunruhigten Augen hinter dem Blattwerk der Zeit. Die Ohrwürmer tanzten! Die Steißfüße begannen eine Nacht ohne Ende, die majestätischen Ziegenböcke zogen am Horizont vorüber; die Hermeline mit ihren in die Ruhe getauchten Pfoten glitten über die Moosteppiche; die Goldfische stöhnten süßer als glückliche Frauen. Da sind die monströsen Nymphen aus den borealen Regionen, die schönen, leuchtenden Lenden, das ölig-glatte, harte Fleisch der nördlichen Ozeane; ich betrachte sie, und das langsame, kraftvolle, lässige Hin und Her dieser Lebenspfeiler entfesselt, daß man schreien möchte – als hätte man einem das Ohr abgerissen –, das Begehren, diesen Sohn ihres Vorüberzugs. Ich kenne mich nur mehr als Aufwallung, Kriechbewegung: Blut, Blut, Blut. Meine bleiernen Löffelhände verbiegen sich, schmelzen. Mein Körper ist ein bereiftes Faß, dessen Zerplatzen schöner sein wird als der Donner; das steigt hoch mit der Hefe und meiner heiseren Stimme. Meine Knie entziehen sich – gleich denen der Maschinen – der Unbeweglichkeit. Geschoß des Wunders, schieße ich als Dolch los und komme als Kuß an. Die sackförmige Welt, eine Wagenplane unter den himmlischen Sturzbächen, zerreißt unter meinem Gewicht, das wahllos auf die Zufallsbeute geschleudert wird, und fällt in sich zusammen: ich habe einen Kontinent entdeckt, in den ich hineinbeißen könnte: ich bin der Frau begegnet, meiner Krankheit. Dieser Körper, dieser ausschließliche Bereich des Tastsinns, den die Augen ignorieren, da sie nur mit den Haaren, die während der Liebe wachsen, beschäftigt sind, dieser Körper bietet sich dar und stemmt sich gegen meinen Körper, sucht seinen Kontakt. Die linkische Hilfe führt das Ungestüm zur Wollust, versetzt das Paar, diesen Walfisch auf dem Rücken der Wasserflächen, in Schwingbewegungen; es wechselt verschämte, nackte Worte, nichtige Wörter, die von weither gekommen sind, gefolgt von den Triefgeräuschen der zusammengepreßten Zähne, Brocken von Bissen, plötzliche Vulgaritäten, kostbar und bohrend. Das treffende Wort, diese geöffnete Schleuse, verrät die Aufmerksamkeit des Mannes, sein präzises Anliegen, den springenden Punkt. Das Karussell dreht sich, dieses legendäre Paar. Es kreischt, durchdringend, schrill, es schreit. Meine Faust, wenn du noch einmal schreist! Wie lange das dauert, meine kleine Johannisbeere, meine Schaukel, wie lange das dauert! Dein Arm entflieht, löst sich los. Ich weiß nicht mehr, meine Porzellanschnecke, frage mich nichts. Ich möchte schlafen, ohne mich von deinem Walde zu entfernen.

Alsbald nun stieg Telemach gleich einer Luftblase wieder zur Oberfläche der Fluten auf und erreichte schwimmend die Insel, auf der Kalypso ihn erwartete; er fand die Göttin in einem Zustand höchster Verwirrung. Sie schrieb sich die Schuld an Telemachs Verschwinden zu und machte sich bittere Vorwürfe, daß sie über ihn gelacht hatte. Eucharis hatte wärend der langen Abwesenheit des Odysseus-Sohnes ein Kind zur Welt gebracht, das Misochronopulos, oder einfach Miso, genannt wurde; in seinem Gesicht entdeckte Kalypso voller Traurigkeit die Züge des Verschwundenen. Mentor, der Kinder verabscheute und dem Kalypso auf die Nerven ging, hatte die ganze Zeit dazu genutzt, ohne fremde Hilfe ein Schiff samt Takelwerk zu bauen. Telemachs Rückkehr wurde so aufgenommen wie man es sich denken kann. Es wurden Freudenfeste gefeiert, über die man im ganzen Mittelmeer sprach. Telemach machte Eucharis und Kalypso dermaßen glücklich, daß sie jedes Gefühl von Eifersucht aufeinander verloren und sich in aller Ruhe das Lager ihres Liebhabers teilten. Oftmals begegneten sie sich dort, ohne daß es ihnen etwas ausmachte, ja sie verschmähten es keineswegs, wenn Telemach eine Atempause verlangte, sich gegenseitig Dienste zu erweisen, an denen sie solchen Gefallen fanden, daß sie allmählich auf den Sohn des Odysseus verzichten konnten und ihm eines schönes Tages den Befehl erteilten, sie nicht mehr zu belästigen. Telemach lachte ordinär und sagte zu Eucharis: »Bei Ihnen wundert mich das.« Dann zu Kalypso: »Von dir hatte ich so etwas erwartet.« Danach suchte er Mentor auf, der letzte Hand an sein Schiff legte. Mentor triumphierte:

»Na, was hatte ich Ihnen gesagt?«

»Glauben Sie denn, daß ich mich nach so langer Zeit noch daran erinnere?«

»Das Wort ›Erinnerung‹ *(mémoire)* bezeichnet die Fähigkeit, sich die Ideen und den Begriff der Sinneswahrnehmungen erzeugenden Gegenstände ins Bewußtsein zurückzurufen, es bezeichnet aber auch die Aktion, die Wirkung dieser Fähigkeit, das Erinnerte: ›ich habe ein gutes Erinnerungsvermögen‹ *(j'ai bonne mémoire)* oder ›ich erinnere mich an *(j'ai mémoire de ...)* ein

Mausoleum auf dem Lande‹ (mein Beispiel ist ein Spiegelspiel). Von diesen beiden Bedeutungen ist die eine die eigentliche, während die andere mittels einer rhetorischen Figur abgeleitet wird. Aber in welchem der beiden Fälle handelt es sich um eine Metonymie? Raten Sie mal: schlagen Sie auf die Hand, die die Murmel enthält. Reiner Zufall. Mich kann das Schicksal eines Wortes nicht gleichgültig lassen. Verändert sich nicht im Laufe der Jahre dieses Band zwischen dem Gegenstand und mir? Die der Erinnerung ausgelieferten Wörter gewinnen bei näherer Bekanntschaft. ›Auffrischen‹ sagt man von der Erinnerung und von den Haaren. ›Seit Menschengedenken‹ *(de mémoire d'homme)* sagt man nur in negativen Sätzen. Mit der Formel ›Zum Vermerk‹ *(pour mémoire)* versieht man das, was nicht in Frage kommt: Jeder Gebrauch einer Vokabel vergrößert den Anteil an Willkür, der ihre Auswahl bestimmt. Das zerbrechliche Gebäude der gewählten Laute würde einstürzen, wenn es uns nicht etwas vorgaukelte: auf den Wörtern hockend, glauben wir, daß sie uns spürbare Fortschritte ermöglichen. Unsere Vorstellung von der Welt ist rein sprachlicher Natur, eine kleine Abstraktion für Regentage.«
»Wird Sie das sehr weit führen?«
»Bis nach Ithaka«, antwortete Mentor, der so tat, als spreche er vom Schiff.

Die Amme von Misochronopulos, eine mit Schleifchen geschmückte Kuh, brachte ihren Kostgänger in ihrer Handtasche mit. Telemach verzog das Gesicht:
»Nun«, sagte Mentor, »geht Ihnen das nicht ans Mark? Die Stimme des Blutes!«
»Deine Scherze, mein lieber Mentor, verfangen bei mir immer weniger. Ich verabscheue Ratten, Kröten und andere Manschettenknöpfe, das ist alles.«

»Sie verabscheuen vor allem die Erinnerungen, Telemach, und die Kinder anderer Leute wären Ihnen wohl weniger widerwärtig.«
»Einzig und allein, weil man da nicht ohne weiteres bei mir absurde, illusorische Verpflichtungen ihnen gegenüber voraussetzt. Sonst würde ich immer gern ein paar zerschmettern.«
»Einzig und allein! Aber hier wird das Vergnügen noch pikanter, weil man im Kindesspiegel, diesem Geschenk der Eucharis, sich selbst betrachtet. Das ist ganz Ihr Ebenbild, nur etwas röter, etwas fetter, etwas glatter. Ein hübsches Porträt ohne Haare.«
»Lassen Sie mich in Ruhe.«
»Oh! Regen Sie sich doch nicht auf. Der niedliche Miso runzelt die Stirn genau so wie Sie. Lutschen Sie mal den Daumen.«
»Was? Ich Idiot.«
»Erstaunlich! Erstaunlich! Die gleiche Geste! Sich wiederfinden, welche Wonne!«
»Wollen Sie mir noch lange mit diesem empörenden Theater auf die Nerven fallen? Amüsieren Sie sich ruhig, wenn es Ihnen Spaß macht, immer weiter mit der Vererbung, die ja ebenfalls ein Gewissensbiß der Materie ist, – wo Sie doch so gern von der Erinnerung sprechen. Ich Kaffeemühle mag keine Karikaturen. Amme, reichen Sie mir mal Miso.«
Miso wurde so schnell in die Luft geschleudert, daß die Amme keine Zeit hatte, sich die Hörner auszureißen. Miso schaukelte über dem Meer und stürzte schließlich, um die Landschaft nicht zu beschmutzen, außerhalb des Blickfeldes herab. Jupiter soll das Opfer in eine Wolke verwandelt haben, aber das ist nicht sicher.
»Wenn das Ihre Meinung über die Frage des Erbes

ist«, sagte Mentor, »dann glaube ich nicht, daß Sie auf Ithakas Krone Anspruch erheben können. Und Odysseus?«
»Mein armer Freund, haben Sie immer noch nicht begriffen? Kommen Sie, trinken wir etwas.«

Die erfundenen Geschichten, diese lächerlichen Peripetien, drängen sich an die Fenster und zerquetschen sich, wie lachhaft, die Nase an den Scheiben. Da fehlt es aber wirklich an Phantasie! Wenn man der Liebe müde ist, geht man trinken. Wenn man des Trinkens müde ist, geht man trinken. Kennen Sie Monsieur Chériau, den Bauunternehmer? Ich auch nicht. Die Tür rechts führt zum Telefon, die Tür links zu einer anderen Idee. Wir verbringen unsere Zeit damit, uns in der Straße zu täuschen. Die Worte, die man hört, nehmen, wie soll ich sagen, unproportionierte Proportionen an. Die Zunge wehrt sich gegen den infamen Gebrauch des Wortes: sie ist für ein edleres Schicksal da. Wir jammern über den Zustand der Knechtschaft, in den wir seit einigen Jahren immer mehr geraten sind. Knechtschaft, meine Liebe, mit deinen Bratfischaugen, Knechtschaft, meine Liebe, mit deinen Bratfischaugen. Ich verliere mich, ich biege mich unter dem Luftdruck. Ich gebe ein sehr gutes Manometer ab. Dazu öffne ich den Mund. Baaa. Ich schwöre Ihnen, mir ist nicht nach Lachen zumute. Das Leben ist ein trauriges Zicklein. Ich bitte Sie, scherzen Sie nicht die ganze Zeit, Sie treiben mir noch die Tränen in die Augen. Einfach so, ohne Grund: ich weiß nicht, was heute mit mir los ist. Meine Freunde, was wollt Ihr werden? Maurer, hochbegabte Maler, Zauberkünstler, Leute von Welt, Berühmtheiten. Nun ja, es stimmt. Man kann die Partie nicht wieder von vorne beginnen. Schließen wir die Augen. Nichts Schlimmeres kann uns

passieren, als daß etwas passiert, das ... Die kürzeste Strecke zwischen zwei Punkten: eine uninteressante Aufgabe. Auch die geometrischen Orte quälen die Menschen sehr. Man kann nicht behaupten, daß das ihre Intelligenz beweist. Verstehen Sie recht. Das Tragen von Ohrringen kommt allmählich aus der Mode. Wie schade! Es bleibt nichts anderes mehr übrig als mit einer Münze um das Leben zu losen. Wirft man Kopf, bringt man sich um, wirft man Schrift, lebt man weiter. Hop!
Schrift, ich habe verloren.

BUCH VII

Montes exultaverunt ut arietes, et colles sicut agni ovium.

PSALM 113

Im rosafarbenen Sande, diesem prickelnden Permuttstaub, und von der Hitze erschlafft, betrachteten Telemach und Mentor das Meer wie eine alte Bekannte. Da stieg ein leicht göttlicher Hummer aus dem Wasser und verneigte sich vor ihnen. Er reichte Telemach eine Alge, auf der man lesen konnte:

EINE BEZAUBERNDE ÜBERRASCHUNG
ICH BIN TAUBSTUMM
DIESER VERKAUF IST MEIN EINZIGES
EXISTENZMITTEL

PREIS: *Was Sie geben wollen, bitte schön.*

Telemach warf dem Hummer ein Geldstück zu; der verwandelte sich in eine schöne junge Frau und lief auf und davon ins Gebirge. Nachdem der Sohn des Odysseus die Alge aufgefaltet hatte, gab er sie Mentor weiter und bat, weil er selbst zu müde dazu war, seinen Gefährten, vorzulesen, was da stand. Mentor las also:
»DIE NARZISSE: *blüht unter dem zehnten Tierkreiszeichen. Ihre miteinander vereinten Farben weiß und gelb teilen sich folgendermaßen auf:* das Weiß *bedeutet Eigenliebe;* das Gelb *Egoismus;* die Blüte *Leidenschaft.*
DIE SONNE: wurde der Mythologie zufolge von Hyperion und der Theia gezeugt. Sie ist das Symbol der Fruchtbarkeit und der Lebenswärme. Ihr Einfluß ist von günstigem Vorzeichen für diejenigen, die in diesem Glücksmonat geboren werden.«

»Ist das alles?«

»Nein, auf der Rückseite steht noch dieses: DIE NARZISSE. DER STEINBOCK: *unter diesem belebenden Planeten sind Sie von jemandem hintergangen worden, zu dem Sie viel Vertrauen hatten. Man hat Ihnen große Versprechungen gemacht und sie dann nicht gehalten. Die Sonne, die Lebensspenderin der Natur, macht früher oder später jene glücklich, die unter ihrem Zeichen geboren werden. Sie müssen sich vor der Hinterhältigkeit eines Ihrer sehr neugierigen Nachbarn und vor der Bösartigkeit einer Ihnen nahestehenden Person in acht nehmen.*«

»Ist das alles?«

»Das ist alles.«

»Was wissen wir von der Zukunft, diesem femininen Substantiv, das die kommende Zeit bezeichnet, das, was in dieser Zeit geschehen wird, unser Schicksal, die Nachwelt *(Möge in der Zukunft – Ein ewiges Schweigen diese Erinnerung verbergen,* – Racine), das Wohlergehen, den Erfolg? Sie kennen doch, Mentor, diese Automaten, die nach Einwurf einer Bronzemünze den Passanten ihr Schicksal vorhersagen? Ein Paar bleibt vor einem dieser Kästen stehen. Der Mann flüstert Ewigkeitsworte in die glücklichen Ohren seiner Gefährtin. Die Frau schmiegt sich an ihn und drückt seine starke Hand. Ihre Blicke treffen sich, kämpfen sanft und fallen auf den Wahrsage-Kasten zurück. Sie lächeln. An kleinen Bewegungen ihres Kinns kann man erkennen, daß sie sich beim Gedanken an ihre gemeinsame Zukunft voller Rührung Scherzworte sagen. Dann kramt der Mann in seiner Tasche und steckt zwei Münzen in den Schlitz. Rasselnd setzt sich die Maschine in Gang. Zwei Köpfe neigen sich, der Mann liest vor und tut dabei so, als müsse er lachen:

Sie verzehren sich
in Ihrer Leidenschaft
es ist Zeit zu wechseln.

Sie gehen schleunigst davon, und nach ein paar Schritten stößt die Frau plötzlich einen Schrei aus, so schrecklich wie das verlorene Glück.«
»Sonnenfinsternisse zeigen uns, daß man über Vorhersagen nicht zu lachen braucht. Dieses Wort wird in aktivem und passivem Sinn verwendet. Vorhersehen ist verbreiteter als man glaubt: wir verfügen fast über kein anderes Denkverfahren. Alle Entdeckungen laufen auf Scharaden oder Vorhersagen hinaus. Der Erfinder der Sanduhr sagt den Gebrauch, den man von ihr machen wird usw., voraus, sieht ihn voraus. Der Geist kann offenbar alle Umstände ins Auge fassen. Ihre Anzahl erreicht für einen bestimmten Fall keine Ziffern, die wir uns nicht mehr vorstellen könnten. ›Sie können hundert mal raten, Sie bekommen es doch nicht heraus‹, dieser Ausdruck erscheint schon als Hyperbel. Nichts ist so angenehm, geschieht so instinktiv wie die Leugnung des Zufalls.«
»Zufälle nennt man bei einigen Würfelspielen gewisse feste Punktzahlen, die immer dem günstig sind, der die Würfel hält. Deshalb glaube ich an den Zufall.«
»Es gibt keinen Zufall.«
»Man kann es folgendermaßen ausdrücken: zufälligerweise gibt es keinen Zufall.«
»Damit verschieben Sie die Schwierigkeit nur um eine Stufe. Wahrsager sind eben gerade Menschen, die in Kenntnis der Sachlage sprechen. Man nennt auch Gefahren Zufälle.«
»Es gibt wenig Wörter, die nicht zweischneidig sind. Im allgemeinen sagt man, daß kalkulierte Kombinatio-

nen in den Glücksspielen nichts ausrichten. Nichts ist wahrer und zugleich falscher. Beispiel: das Leben.«

»Gerade weil es keinen Zufall gibt, kann man es im voraus kennen.«

»Ich, der ich mir die Tücken des Schicksals auszudenken vermag, fühle genau, daß es in meiner Macht liegt, die Pläne des Verhängnisses umzuwerfen. Wenn mir nur daran gelegen ist. Wie komme ich eigentlich dazu, meinen Willen als etwas meinem Schicksal Entgegengesetztes zu betrachten, wo jener doch vielleicht selbst bis zu einem gewissen Punkt ein Zufall ist?«

»Schon gut, junger Mann, schon gut.«

»Was gibt es da zu lachen?«

»Sie werden allmählich genau wie alle anderen. Mit ungeheurer Anstrengung kommen Sie zu den gängigen Ideen zurück. Herrlich, wie Sie sich verausgaben. Das ist ein recht ergötzliches Schauspiel.«

»Schrecklicher Alter, reizen Sie mich nicht noch mehr!«

»Die Jugend wirft dem Alter vor, ihr ihre Jugend vorzuwerfen. Sie wirkt auf mich wie eine Schlange, die sich in den Schwanz beißt. Aber haben Sie keine Angst: ich will Sie nicht davon abhalten, daß auch Sie sich ihr kleines Sonnensystem bauen. Legen Sie sich zwei oder drei angenehme Gewißheiten zu: diese Krankheit ist so viel wert wie jede andere. Wollen Sie morgen nach Ithaka aufbrechen?«

»Ach ja? Ist Ihre Nußschale schon fertig? Ich komme nicht mit.«

»Hält Eucharis Sie zurück oder Kalypso?«

»Sie werden sich nicht lange über mich lustig machen ...«

»Nur mit der Ruhe! Bleiben Sie doch sitzen: es ist ja so heiß. Welch geheimen Zauber hat denn Ogygia, daß Sie es Ithaka vorziehen?«

»Den, daß es nicht mein Vaterland ist: nichts bindet mich hier, deshalb bleibe ich hier.«
»Hm! Verpflichtung hoch zwei: an seine Freiheit glauben, welche Vorbestimmung!«
»Mentor, es geht mit Ihnen bergab. Sie tun gut daran, nach Ithaka zurückzukehren, wo das ungesunde Klima Ihrer Gesundheit den letzten Schlag versetzen wird. Viel Glück.«
»Welch feine Ironie, Telemach, welche Würze in Ihren Worten! Mit außerordentlicher Freude, glauben Sie mir, stelle ich hier fest, wie dumm Sie sind.«
»Ihre Weisheit richtet sich in meinem Innern gegen Sie selber.«
»Ja, Sie sind so ganz die Frucht meiner Weisheit: ein netter mißlungener Paroxysmus. Sie müssen sich damit abfinden, nur ein Experiment gewesen zu sein. Auch ein Beweis. Der Beweis durch das Absurde. Was bewiesen wurde, ist für Sie unwichtig. Ich kenne meinen Bereich nur unvollständig. Die Telemachs helfen mir, die Dinge klarzustellen.«
»Armer Betrüger, jetzt, wo Sie sich betroffen fühlen, glauben Sie, mir etwas vormachen zu können, indem Sie den großen Mann spielen. Schauen Sie sich doch erst einmal Ihre Bauchfalten an. Sie sind ja wirklich zu bedauern, Mentor!«
»Jetzt kommt auch noch das Mitleid. Oh, ein lustiger Hampelmann! Mein kleiner Telemach, glauben Sie mir: Sie sind nur ein Gefühlsirrtum.«
»Ich bin Telemach, ein Mensch: die freie, auf die Erde losgelassene Bewegung, die Fähigkeit, zu kommen und zu gehen.«
»Man könnte schwören, eine Billardkugel zu hören.«
»Über Ihre Schiefertafel-Rechnungen und Ihre sogenannten Experimente kann ich ja nur lachen. Sagen Sie

mir doch gefälligst, welche Macht Sie jemals über mich gehabt haben. Seitdem ich ich bin, gehe ich auf der Welt als Herr spazieren. Ich schaffe die Nacht, indem ich die Augen schließe. Ich schaffe Leben, wo immer ich gehe. Ich schaffe die Leere durch meine Abwesenheit. Das Licht gehört mir. Ich brauche Sie nur zu vergessen, und Sie sind tot.«

»Versuchen Sie es doch.«

»Ich kann jenseits Ihres Bewußtseins umherschweifen. Es gibt wunderbare Zonen, die nur mir gehören: dort beginnen diese Kristalle, diese brennenden Schneeblumen, unter denen ich mich nach Wunsch verliere. Diese Regionen, in denen die Palmbäume Frauenschärpen tragen, sind die Kolonien meines Körpers. Meine Wollust, diese zügellose Tochter meiner Potenz, hat nicht ihresgleichen: reden Sie nur, Madame, und sagen Sie, was Sie wissen (doch wer einmal die göttliche Majestät geschaut hat, behält davon, sagt man, das ganze Leben lang ein allgemeines Zittern).«

»Man sieht so recht, wie wenig Sie wissen.«

»Sie sind ebenso blöde, Mentor, wie die Urteile, die man über sich selber fällt.«

»Aus Ihnen wird ja noch ein Beobachter: plötzlich geht Ihnen auf, wie unpassend Ihr Denken ist. Die Zusammenhanglosigkeit Ihres Sprechens bringt treffend Ihre geistige Verfassung zum Ausdruck.«

»Du Glatzkopf mit deinen Vorurteilen, vor den wesentlichen Problemen zwinkerst du wie vor Sonnen.«

»Wahrscheinlich begeistert Sie das Wesentliche?«

»Nein: was mich begeistert, das ist das Wesentliche.«

»Darin sind wir uns einig. Es wäre ganz falsch, die Wörter nicht wörtlich zu nehmen. Ein Lapsus ist wirklich niemals ein Lapsus. Die Wörter verraten nicht so sehr das von uns Gemeinte, sondern verraten uns viel-

mehr selbst: ein sprachlicher Irrtum sagt eine ganze Menge über unser verborgenes Denken aus.«
»All das ist völlig uninteressant: ich würde gern Eisgetränke mit den bitteren, gelben Stengeln der Ernten trinken. Strohhalme des Lebens, Strohhalme, süße Strohhalme, o Leben, erfrischend wie unnütze Gewissensbisse. Trinken.«
»He! Sie freier Mensch, geben Sie sich doch ein bißchen der Hitze hin.«
»Mentor, ich betrachte Sie mit Mitleid; denn ich verfüge über ein absolut sicheres Mittel, Ihren Scherzen augenblicklich ein Ende zu setzen.«
»Da würde ich doch wirklich gern wissen wollen, wie wirksam Ihr kleines Geheimnis ist.«
»Legen Sie Wert darauf?«
»Ich lege Wert darauf.«
»Sie legen Wert darauf ... Sie legen Wert darauf. Nun gut, da Sie ja Wert darauf legen, Mentor, sollen Sie es sehen.«
Telemach stellte sich an den Rand der Steilküste; sein Gewand fiel zu Boden, und der nackte, junge, gesunde Körper stürzte sich plötzlich in die Leere, wirbelte im Kreise, meteorhaft schnell, gleichsam ein Todesvogel, wirbelte im Kreise, bis schließlich seine auf den Felsenriffen zerschmetterten Knochen wie ein Sack vor den Wellen niederstürzten, die darob nicht einmal schluchzten. Mentor sprang zur Kante des Kliffs vor und schrie lauter als das Meer:

»Telemach, der Sohn des Odysseus, ist auf lächerliche Weise in den Tod gegangen, um zu zeigen, daß er frei ist, und sein von den Sarkasmen und der Schwerkraft bestimmter Tod ist die Verneinung eben jenes Zufalls, den er um den Preis seines Lebens bestätigen wollte.

Mit Telemach ist der Zufall zugrunde gegangen. Hier beginnt die Herrschaft der Weisheit.«

Kaum hatte er diese Worte gesprochen, löste sich ein lockerer Felsbrocken aus dem oberen Teil der Küste und zerschmetterte wie einen einfachen Sterblichen die Göttin Minerva, die aus purer Laune die Gestalt eines Greises angenommen hatte und es nun diesem Einfall verdankte, mit einem Schlag ihre menschliche und ihre göttliche Existenz zu verlieren. Vögel zogen höhnisch über die Leichen hinweg und pfiffen Tanzmelodien. Die Winde erhoben sich voller Freude und kämmten sich mit den Zacken der Berge. Die endlich befreiten Wälder strömten zu den Behausungen der Menschen und verschlangen sie. Die Steine barsten. Die Pflanzen flogen lässig davon, als hätten sie ihr Lebtag nichts anderes getan. Die aus dem Schlaf geweckten Vulkane schauten sich über die Ozeane hinweg an, bewegten sich aufeinander zu und vereinigten sich, unter den wie Regen wohltuenden Küssen der Krater, in Lava-Liebeswonnen. Die Wasser hatten ihre Verbindung und ihren Zusammenhang verloren, sie waren nunmehr über das Universum zerstreut. Der Himmel, ein in Wahn geratener Stoff, zerriß und zeigte die unanständige Nacktheit der Planeten.

Das Firmament wurde von den Geschlechtsteilen der Lichter übersät. Das Gewölbe der Tage und Nächte verwandelte sich in Fleisch, und diejenigen unter den Menschen, die die Umwälzungen überlebt hatten, starben vor Begehren angesichts des über ihren Köpfen schwebenden schamlosen Hinterns. Der Sand der Wüsten wurde zur Schlange, öffnete – ein blitzhaftes Zusammenzucken – die Augen im Schauder der nächtlichen Samenergüsse. Die Nebelsterne trieben sich in den lachenden Landschaften herum. Die Spinnrocken tanzten und verloren dabei ihre silbrigen Haare. Die großen Rotationsmaschinen machten auf den Kieselstränden miteinander Liebe. Die Preßlufthämmer gingen allerliebst auf den Grünplätzen spazieren, und während sich die Metalle auf den Lustwiesen jaulend liebkosten, brach auf seinen Zärtlichkeitsrössern der Herrgott wie ein Verrückter in schallendes Lachen aus.

EPILOG

DER DIREKTOR:
als er starb, waren seine letzten Worte: die Farce ist ein poetisches Element wie der Schmerz – zum Beispiel, dann sangen sie:

M. CRICRI:
crocrocrocrocrocro dril

DIE SCHWANGERE:
crocrocrocrocrocrocro drel

PIPI:
crocrocrocrocrocrocrocro drol

M. ANTIPYRINE:
crocrocrocrocrocrocrocrocro dral

TRISTAN TZARA
La première aventure céleste
de Monsieur Antipyrine

Sturm, Abenteuer. Im Glücksspiel unseres Lebens müssen Sie mit einem Lächeln verlieren. »Jeder Zug gewinnt« gilt als ein Scherz, und dennoch. Tagaus, tagein erklären die Väter des Menschen, kaum haben sie sich zu Tisch gesetzt, jedem Erstbesten die Banalität: wie man sich bettet, so liegt man. Ein paar Jahrhunderte lang setzten die kühnen Geister der bequemen Realität das Bett aus Moose oder das frische Wasser entgegen. Dann wurde die Liebe mit den strahlenden Augen als etwas Lächerliches angesehen. Diese Geschichte der Variationen des Denkens vermag uns nicht aus der Fassung zu bringen, verstehen wir es doch, den Engeln gleich, uns auf die Schwelle der Alkoven zu stellen und den Lachern das Zeichen zum Schweigen zu geben. Als überzeugte Anhänger aller griechischen Feuer, aller unpassenden Begeisterungen, aller tödlichen Schwärmereien starren wir vertrauensvoll zum Horizont, der langsam die Sonne untergehen läßt. Den sicheren Wegen werden wir niemals mehr folgen. Es ist nun wirklich Schluß mit der Vorsicht, der karnickelnasigen Ironie, dem Konversationsgeist. Schluß mit den Karrieren, diesen Gräbern der Söhne aus gutem Hause und der ewigen Stipendiaten. Schluß mit den Eisenbahnschienen. Schluß. Schluß. Die Erde, nackt wie eine Mätresse zu unseren Füßen, streckt sich, so weit das Auge reicht, vor unserer Jugend aus. Unter allen Vögeln suchen wir diesen da – seine Krallen sind rot, eilendes Leben –, der die Hütten in Brand steckt, indem er aus dem Herd die flammenden Holzscheite stiehlt, die unseren Herzen ähnlich sind. Wo seid ihr, gefährliche Freunde, ihr Burschen, die ihr entschlossener seid als der Oktoberwind? Inmitten der toten Götter bleibt ihr alleine aufrecht stehen. Unter Männern, die zu allem fähig sind, fällt Dankbarkeit leicht: das Losungswort, wir kennen es von Geburt an, öffnet uns Paradiese, die ephemer sind wie Verlust oder Gewinn. Wir erfreuen uns an den wechselnden Farben der Tage.

WIR SUCHEN für Abenteuer jeder Art junge Leute; vorausgesetzt wird: Unternehmungslust, Entschlossenheit nicht mehr zu arbeiten, Geschick im Umgang mit Waffen (Revolver, Messer, Karabiner). Abwechslungsweise Rückschläge und Annehmlichkeiten. Sicherer Tod innerhalb kurzer Frist. Zuschriften an die Geschäftsstelle der Zeitung.

Hören wir auf damit, immer wieder das Doppelte dessen einzusetzen, was wir gerade verloren haben. Jetzt setzen wir auf volle Nummern. Die Kugel rollt, springt, schlägt auf, prallt zurück. Das Zigeunerorchester während des Spiels, die professionellen Worte aller Frauen, die leeren Augen der Menge, die gewundenen Bewegungen der menschlichen Schläfen. Wir bringen die Unordnung herein, diese Klarheit, die den Staub wegfegt, – dieses Paradies. Diesmal wird die Welt, die schwachsinnige, wirklich aufhören, sich zu drehen. Die Macht, die Macht. Hütet euch vor den unerzogenen Kindern, ihr braven Leute, ihr werdet in ihren Händen zerbrechen. Drrrrrrrrrrrrrrrr. Hereinspaziert, hereinspaziert: das Spiel hat gerade erst begonnen.

ANMERKUNGEN FÜR EINEN SAMMLER

Die folgenden Anmerkungen *wurden, wahrscheinlich im Jahre 1922*[1] *für einen Sammler verfaßt, dessen Namen ich vergessen habe; er wollte sie seinem Exemplar der* Abenteuer des Telemach *beifügen. Was ich hier abdrucke, ist der Entwurf zu diesen* Anmerkungen, *den ich dem Modeschöpfer und Mäzen Jacques Doucet (an dessen Bibliothek André Breton und ich damals kleine Posten bekleideten) geschenkt hatte und den ich in den Papieren des später an die Bibliothèque Sainte-Geneviève übergegangenen Fonds Doucet wiedergefunden habe. Man mag es als merkwürdige Eitelkeit empfinden, wenn diese Seiten nach vierundzwanzig Jahren wieder hervorgeholt werden: der Autor tut es indes aus zwei Gründen. Fürs erste entbindet ihn dies der Notwendigkeit, einen alten Text zu kommentieren, den er heute sicherlich mit ganz anderen Augen wieder liest, und diese Anmerkungen, die ihm eine Einführung in ein Büchlein seiner Jugend ersparen, haben den Vorteil, fast zur selben Zeit wie* Die Abenteuer des Telemach *geschrieben worden zu sein. Treue ist hier also der erste Grund. Der zweite Grund aber ist der Blick, mit dem ich heute, nach so langer Zeit, die Neuausgabe dieser Seiten betrachte; denn* Telemach *ist durch diese Anmer-*

1 Mit Ausnahme der *Anmerkung* zu Buch II, die, bereits 1920 geschrieben und in der Januar-Nummer 1921 der *Écrits Nouveaux* veröffentlicht, in die vorliegenden *Anmerkungen* übernommen wurde. Besagter Sammler wollte sie einer bibliophilen Ausgabe des 1922 bei Gallimard erschienenen Buches beifügen.

kungen mit Tatsachen aus der Wirklichkeit verbunden, die oftmals auch in späteren Schriften von mir ihren Niederschlag finden. So kehrt die in der Anmerkung zu Buch VII (Wir erinnern an diese Schüler ...) *erzählte Anekdote, die hier meinem Schulkameraden Guy R. d'A. zugeschrieben wird, in den* Reisenden der Impériale *(1939) wieder, wo der Schüler Levet heißt und von Bertrand Du Guesclin abstammt, und sie wird, in einer Form, die der Realität näher kommt, 1964 in* Das Wahr-Lügen *übernommen, wo der Schüler vom Bruder Jeanne d'Arcs abstammt. Bedenkt man, daß* Das Wahr-Lügen *eher eine »ars poetica« des Romans als eine Novelle ist, dann bilden solche durch die Jahre hindurch immer wieder verwendeten Elemente einen geistigen Hintergrund-Text für die verschiedenen Romanversionen meines Lebens, die da und dort in dem, was ich seit mehr als vierzig Jahren geschrieben habe, auftauchen. Auf die eindeutigen Fälle werde ich in diesen* Anmerkungen *in einer Fußnote hinweisen. Vielleicht, um – wie Stéphane es einmal gesagt hat – den zukünftigen Scholiasten eine gewisse Ergebenheit zu bezeugen. – A., 1966.*

BUCH I

... mechanische Rauchschwaden, Düfte der Sümpfe. Dieses Gedicht erschien in einer in New York herausgegebenen Nummer von *Dada.*

... die Zufälle der Konversation ...
Daß wir uns hier nicht in die sechs Bücher moralischer Abenteuer stürzen wollten, mit denen Fénelon fortfährt, impliziert keine Spur von Kritik an diesem ehrwürdigen Prälaten. Übrigens auch keine vorgefaßte Absicht (Fénelons Bericht durch eine Schilderung des Alltagslebens in Ogygia ersetzen, welch kindische Verbesserung!). Dieses erste Buch wurde lediglich zur Illustration des Prinzips »man holt sich sein Gut, wo man es finden kann« geschrieben, und nur die Müdigkeit hat mich daran gehindert, dieses Gut auch im weiteren Verlauf am selben Ort zu finden. Beinahe hätte ich hier aufgehört; dann dachte ich mir einen zweiten Teil aus, der in unseren Tagen, in dem von Frankreich besetzten Teil Deutschlands, spielen sollte; dann verlor ich die Lust, woran sowohl meine Freunde als auch ich selber schuld waren, geben wir es ruhig zu. Eine Weile noch betrachtete ich diesen Anfang als ein Fragment und wollte ihn am Ende einer ziemlich heterogenen Sammlung veröffentlichen; das war nicht sehr befriedigend, und im übrigen kam ich auf die Idee zu dieser Fortsetzung, die freilich nicht ganz so ausfiel, wie gedacht: die geplanten langen Jagdgeschichten in den Wäldern schrumpften immer mehr zusammen und er-

gaben schließlich nur mehr einen Satz (*Licht brach durch das Laubwerk, ...* usw.), am Anfang von Buch II. Muß ich unbedingt hinzufügen, daß Neptun ursprünglich keineswegs die Kupplerrolle spielen sollte, in der man ihn hier sieht, sondern vielmehr, im Gegensatz zu diesem schamlosen Mentor, die Rolle des ehrwürdigen Alters, des Verteidigers der gängigen Moral. Im Grunde hat er sich nicht gerade in diesem Punkte sehr verändert.

Es sei darauf hingewiesen, daß die zahlreichen, manchmal mehrere Seiten umfassenden Anleihen des Autors bei den verschiedensten Werken (von Fénelon bis Jules Lermina) dem Leser in den folgenden Anmerkungen nicht angezeigt werden; es soll ihm das Vergnügen belassen bleiben, sie selbst zu entdecken, sich darüber zu entrüsten und sich über seine eigene Bildung zu freuen.

... andere Gefahren.

Was wissen wir heute von Odysseus oder Telemach? Die Geschichte ihrer Irrfahrten nimmt in unserem Herzen weniger Raum ein als die erstbeste Anekdote aus dem Alten oder dem Neuen Testament, als der zerbrochene Ring Sigismunds; was bedeutet uns schon der Prozeß, den Odysseus dem Leben gemacht hat, im Vergleich zu dem, den Robespierre ihm machte? Wir haben von der Odyssee nur die Regel des

VON DEN GRIECHEN ERNEUERTEN GÄNSESPIELS[1]

behalten.

1 ERSTENS, dieses Spiel wird auf einem Brett mit 63 Feldern gespielt, die fortlaufend mit den Ziffern 1 bis 63 numeriert sind; im Feld 63 ist ein Teich abgebildet, auf dem eine Gans schwimmt; hierher muß man gelangen, will man das Spiel gewinnen; doch es ist nicht leicht, diesen Teich zu erreichen; denn es stellen sich mehrere Hindernisse ein, bevor man an ihn herankommt. Jeder Spieler verfügt über einen Stein, der sich von dem seines Gegners unterscheidet, sowie über zwei Würfel, die er jeweils wirft, wenn er an der Reihe ist; er rückt dann mit seinem Stein auf dem Brett so viele Felder vor, wie er Augen gewürfelt hat. In jedem neunten Feld ist eine Gans abgebildet. Auf die Gänse darf kein Stein gesetzt werden. Würde der Spieler beim Vorrücken auf Grund der Zahl seiner gewürfelten Augen auf eine Gans zu stehen kommen, muß er die Zahl der Augen verdoppeln, und dies so lange, bis er auf keine Gans mehr trifft. Würfelt der Spieler, gegen Ende der Partie, kurz vor dem Zielfeld 63, eine Zahl, mit der er über die Zahl 63 hinauskäme, muß er um so viele Felder zurückkehren, wie er Augen zu viel gewürfelt hat. Wer dann schließlich genau ins Feld 63 gelangt, hat die Partie gewonnen.

BUCH II

... Alles, was Ich ist, ist unverständlich.
Diese kleine Rede ist eines der in Nummer 13 der Zeitschrift *Littérature* veröffentlichten 23 *Manifeste der Dada-Bewegung*. Sie wurde auf keiner Manifestation vorgetragen: im Anschluß an die Manifestation in der Rue de Puteaux geschrieben, hat sie keinerlei Ähnlichkeit mit den Worten, die ich vor den 1200 Stammgästen der Samstage von Léo Poldès improvisierte.
Es war wenige Tage nach der Ankunft Tristan Tzaras in Paris: an dem sogenannten *ersten* »Freitag von LITTÉRATURE«, der der einzige bleiben sollte, hatten wir die ehrenwerten Leute der Avantgarde gegen uns aufgebracht; sie fürchteten nunmehr, sich in unserer Gesellschaft zu kompromittieren, und warfen uns mit Bitterkeit vor, daß wir alles unmöglich machten. Erst recht hatte am darauffolgenden Donnerstag die erste Pariser Dada-Sitzung im Grand-Palais allgemeine Empörung hervorgerufen: die große Presse, deren Vertreter und Photographen zu den »Indépendants« gekommen waren, um sich einen Vortrag von Charlie Chaplin über dies rätselhafte Dada, eine noch unbekannte Vokabel, anzuhören, die große Presse verlangte von den Behörden Rechenschaft darüber, wieso öffentliche Gebäude zu verdächtigen Schaustellungen benützt würden. Da brachte man auch Deutschland ins Spiel, und einige Leute, die zu vorschneller Verallgemeinerung neigten, reihten uns unter jene Propagandaagenten ein, deren Konterfei als plündernder Soldat und harmloser Hand-

lungsreisender zu jener Zeit von patriotischen Geschäftsleuten auf Plakaten abgebildet wurde, auf daß man die Burschen wiedererkenne, falls sie es wagen sollten, nach Frankreich zurückzukommen. Die Veranstaltung im Grand-Palais, die bei Kerzenlicht mit einer Rede des Führers der »Camelots du Roi« beendet wurde (unter lebhaftem Beifall derer, die uns soeben ausgepfiffen hatten), brachte uns das Mißtrauen der kleinen Literatenkreise ein, die seit vierzig Jahren die Kulissen des Ruhmes abgeben. So hatten wir uns, ohne daß die Leute auch nur ein Sterbenswörtchen von dem, was wir sagten, verstanden hätten, des Vertrauens der Zeitgenossen entledigt. Endlich würden wir aufatmen können. Als wir auf der Freitreppe in der Avenue d'Antin gerade feststellten, daß der Programmverkäufer mitsamt der Einnahme und den Exemplaren des Dada-Bulletins verschwunden war, tauchte ein Mann im Pelzmantel auf, in dem sich die Heiterkeit eines Weltmannes und der Respekt eines Politikers vor der Redefreiheit miteinander verbanden, Léo Poldès, und lud uns ein, am übernächsten Tag in seiner in ein Kino umgewandelten Kirche die Sitzung wieder aufzunehmen, die soeben zu Ende gegangen war. Er versprach uns ein höfliches, aus einfachem Volk bestehendes Publikum und schien um nichts anderes als um Unparteilichkeit besorgt zu sein; eines jedenfalls muß man ihm lassen: er hatte als erster gewittert, welch gute Reklame Dada für all diejenigen ist, die mit ihm in Berührung kommen.

So sahen wir uns also nach achtundvierzig Stunden – ohne viel Lust, unseren Donnerstag am Samstag wieder von vorn zu beginnen – dazu aufgerufen, unsere Ideen und die der anderen zum Nutzen – glaubten wir – des Volkes von Paris darzulegen. Ich meinerseits hatte nichts vorbereitet. Ich erlebte im voraus den Taumel öffentlicher Versammlungen und begnügte mich im Autobus damit, ein bißchen über den Humanitarismus nachzudenken, der die geistige Unabhängigkeit der Linksparteien um 1920 herum ausmachte. Als wir in diesem überfüllten Kirchenschiff ankamen, in dem Raymond Duncan sich soeben zu einem Sokratismus des Beispiels bekannt hatte, fragte eine Frau mit bescheidener Stimme und hochtrabenden Formulierungen diesen amerikanischen Hellenen, ob er nicht glaube, die Schönheit müsse moralisch sein. Ich hörte, wie dieser Mann, der viel weniger theatralisch wirkte als ich angenommen hatte, mit seinem Yankee-Akzent antwortete, einem Akzent, der auf die Dauer seinen Charme ausmacht, zunächst aber ein unvorbereitetes Ohr stört. Dann stand ein Volksschullehrer, glaube ich, auf und sprach in großer Erregung vom Mitleid, von Barbusse und Dostojewski; von seiner eigenen Feigheit; von seinem Kriegsverdienstkreuz, das er eigentlich hätte herunterreißen und zertreten müssen, das er aber aus Schwäche weiterhin trüge; von der Schönheit des Desertierens und des Deserteurs, usw. Mehrere andere Teilnehmer sprachen über ähnliche Themen. So wurde mir in der Versammlung gerade das, was ich angreifen wollte, mit seinen Göttern, seinen Dogmen, seiner Moral, präsentiert. Aber schon begannen die von den Saaldienern verteilten Dada-Bulletins die Geister von der laufenden Diskussion abzulenken, und mehrere Stimmen verlangten in rhythmischen Rufen nach Dada. Wir hatten gerade noch Zeit gehabt, im Publikum nicht etwa das Volk von Paris, sondern vielmehr seine mit ein bißchen Philosophie, enzyklopädischem Wissen und sozialer Literatur ausstaffierten Zwischenträger zu erkennen. Für das, was wir sagen wollten, war dies allerdings das ungeeignetste, unvorbereitetste, voreingenommenste Publikum, das man sich denken kann. Von dem engen Podium aus, auf dem wir in einer Reihe mit Léo Poldès saßen, versetzten Tristan Tzara, Georges Ribemont-Dessaignes, André Breton und ich das Publikum zunächst in Heiterkeit, einige der Anwesenden aber bald in Wut: ein paar junge Mädchen in der ersten Reihe lachten lauthals, bis wir sie so unverschämt anstarrten, daß sie still wurden; ein Greis rief, ohne sich besonders anstrengen zu müssen, *Agaga, agaga!*, und einer wollte zornig von uns wissen, welche Staatsangehörigkeit wir eigentlich hätten. Inzwischen entwickelte sich bereits eine gewisse Sympathie für jenen Teil des Saales, in dem ein paar bekannte Anarchisten sich mit unseren Widersachern anlegten. Ich kann nicht wörtlich wiedergeben, was ich sagte: als ich jedenfalls an der Reihe war, sprang ich einfach ins Wasser und verkündete, ich sei ohne eine einzige Notiz, ohne eine einzige Idee in diesen Faubourg gekommen; und dann zog ich gegen die Zielsetzung dieses Faubourg zu Felde, die Popularisierung der Ideen, diese törichte Arbeit der Vermittlung von Wissen, wetterte gegen die Scheinheiligkeit dieser mit Pfauenfedern herausgeputzten Veranstalter, die nichts anderes seien als grausame Ausbeuter des Volkes, Provokateure des Mitleids. Ich schrie immer lauter. Unsere kaum verstandenen Bekenntnisse zur Anarchie veranlaßten die Sozialisten mit ihren Funktionärsherzen dazu, uns ständig zu unterbrechen. Doch eine aktive Minderheit von Anarchisten – im gängigen Sinn des Wortes –, die weniger das begriff, was uns von ihr trennte, als das, was sie und uns von den anwesenden Sozialisten trennte, holte die Debatte in den Saal hinunter. Die Ideen hatten jedermann bereits sehr weit von der Literatur fortgerissen, als André Breton das *Dada-Manifest 1918* aus *Dada* 3 vorzulesen begann. Die Länge dieses Stücks und vor allem sein poetischer Charakter stellten die Einigkeit unter dem Publikum rasch wieder her. Es kam zu einem allgemeinen Protestgeschrei. So löste sich ein Mißverständnis auf, das uns scheinbar gewogen war, das aber für uns um so unangenehmer war, als es uns gewogen war: es war genau das Mißverständnis, dem wir mit all unseren Kräften entgegentraten, haben sich doch die Menschen gerade aufgrund von Mißverständnissen dieser Art allmählich alle Ideen zueigen gemacht, die sie ursprünglich verworfen hatten. In diesem Durcheinander nützte Raymond Duncan den Mißkredit, in den wir uns selbst gebracht hatten, aus, um durch einen ziemlich unerklärlichen Taschenspielertrick als Schiedsrichter zwischen dem Publikum und uns aufzutreten. Alles wandte sich seiner Loge zu, als er um das Wort bat. Da wurde uns bewußt, wie Vertrauen demoralisieren kann. Raymond Duncan ergriff nämlich zur allgemeinen Verblüffung mutig unsere Partei. Er habe, versicherte er, soeben zum ersten Mal in Paris ein Schauspiel von einiger Größe gesehen. Der routinierte Rhetor wandte sich uns zu, um uns zu beglückwünschen. Ich für meine Person erhielt ein recht merkwürdiges Kompliment: meine Ideen seien konfus, ich drückte mich schlecht aus, ich wirkte wenig intelligent, doch schätzte Raymond Duncan vor allem diese Begeisterung und diese Aufrichtigkeit, mit der ich offenbar irgend etwas, gleichgültig was, hinausgeschrien hatte. Dann wandte sich der Amerikaner dem Publikum zu und empfahl sich als Vermittler: er wollte mit eigenen Worten diesem Volk Dada verständlich machen, und dieses Volk lauschte ihm. Wie geschickt er uns übersetzte, uns verriet! Wir wohnten einer vorzeitigen Verwandlung unserer selbst bei: dieser Odysseus von jenseits des Atlantiks gab uns einen Vorgeschmack von der Mumifizierung, diesem Schicksal aller Ideen, die in den Museen und den Universitäten stranden. Unser Schweigen wurde sein Komplize gegen uns, und das nicht ohne ein gewisses Jubilieren. Allmählich bekamen wir unseren Platz im Platon-Duncan-System; wir fanden das recht komisch. Leider deckte der Rhetor im zweiten Teil seiner Rede das Geheimnis seiner Mechanik auf: uns aufs Korn nehmend, forderte er uns auf, unsere Schlappe einzugestehen, ihm in einzelnen Details zuzustimmen, und schon kam er, überzeugt, uns vereinnahmt zu haben, auf seine sonderbare Kleidungsmarotte zurück, fragte uns, warum wir denn so nette kleine Krawatten trügen, Sakkos in diesem und jenem Schnitt, und so fort. Ich konnte nicht umhin, ihm das *quia absurdum* entgegenzuschleudern, das unser bürgerliches Gewand mit seiner attischen Uniform auf eine Stufe stellte. Das war das Signal zu einem allgemeinen Stimmengewirr, das dann die Ausführungen der Stammredner des Ortes unterbrachen, von denen ich nur Henry Marx zitieren möchte, der trotz seiner Eleganz vor Liebe zu den Arbeitern überströmte: wir hatten endlich wieder die Gewißheit zurückgewonnen, daß uns diese Leute überhaupt nicht zugehört hatten.

BUCH III

Der Ort Falsch-Fels ...

Auf der Bühne des *Théâtre de l'Œuvre* in der Rue de Clichy fand die (nach Meinung des Publikums) geglückteste Dada-Vorstellung statt. Sie folgte auf die oben von mir erwähnten Manifestationen und auf eine weitere in der Volkshochschule im Faubourg Saint-Antoine, in deren Verlauf – ich war nicht zugegen – ein Teilnehmer, der sich plötzlich der Tragweite unserer Ideen bewußt wurde, ausrief: »Die gehören, wenn es zu einer Diktatur des Proletariats kommt, als erste ins Gefängnis!« Der destruktive Charakter von Dada war jetzt allgemein bekannt, und als in einem fiktiven Interview mit J. E. Blanche Dada-Werke angekündigt wurden, brachte dies die Geister, die Bescheid zu wissen glaubten, einigermaßen aus der Fassung. So drängte sich am Abend der Vorstellung im *Œuvre* eine beachtliche Menge am Einlaß. Man weiß, was das für ein Schauspiel war; es hätte einigen oberflächlichen Leuten beinahe Vertrauen eingeflößt, und bei zwei oder drei vorsichtigeren Männern erweckte es tatsächlich Vertrauen. Ich beteiligte mich daran nur wenig. Die Zauberkünstler-Szene, die ich während des Spiels (zumindest was die Worte betrifft) erfand, brachte mir die Sympathie von Georges Casella ein, dem Direktor von *Comœdia,* der sich auf diesem Gebiet gut auskannte, und einen Verriß von Monsieur Jean Lefranc am darauffolgenden Tag in *Le Temps:* »Von allen Dadas«, sagte er sinngemäß, »schien mir keiner so nichtssagend, so eitel, so anmaßend wie dieser Ideen-Zauberkünstler.« Was das betrifft, glaubte einige Zeit später jemand, der sich liebenswürdig zeigen wollte, mir zu schmeicheln, als er mir versicherte: »Wir wissen schon, daß Sie etwas anderes tun als bloß Taschentücher von einem Fleck an den anderen legen.« Ich bin indes ganz sicher, daß ich nie etwas anderes getan habe als Taschentücher von einem Fleck an den anderen legen.

... dem tönenden Wind, den einige von ihnen großen hölzernen Maschinen entlockten ...
Als während der Vorstellung im *Œuvre*, am Ende des *Ersten himmlischen Abenteuers von Monsieur Antipyrine*, nach dem Crescendo der Straßenlaternen, das den Schluß bildet, Mademoiselle Hania Routchine das *Mondschein*-Lied von Duparc singen wollte, um das Publikum zu besänftigen, brach ein Sturm im Saale los; und diese Leute, die alles hingenommen hatten, ließen nun nicht zu, daß die charmante Sängerin die kleinen sentimentalen Verse von Maurice Bouchor vortrug[1], entweder weil sie das als ein Sakrileg an Duparc empfanden (was nur für eine winzige Minderheit gelten konnte), oder aber weil sie, wie es am Ausgang eine bildschöne junge Frau ausdrückte, fanden, man habe das Lied schon zu oft gehört, als daß man es noch einmal ertragen könnte; oder ganz einfach weil sie, wie der bereits erwähnte Monsieur Jean Lefranc vom *Temps*, Duparc nicht wiedererkannt hatten oder ihn überhaupt nicht kannten.

Heute sehen Sie mich entsetzlich traurig ...

1 Dieser Vorfall sollte, etwas abgewandelt, 1965 in *La mise à mort* wieder aufgenommen werden. Ein weiteres Beispiel (ich hatte in der Zwischenzeit diese *Anmerkungen* nicht wieder durchgelesen) für die Fortdauer biographischer Elemente im Hintergrund der fiktionalen Schriften.

Ein unter dem Titel *Sensationelle Enthüllungen* in der Nummer 13 von *Littérature* erschienenes Manifest.

Die Abenteuer des Telemach …
Man betrachte das nicht als Parabel. Ich habe das gesagt, wie ich auch irgend etwas anderes hätte sagen können, einfach weil es das Kapitel *beendet,* so wie wir (je nachdem) auch sagen: *Da kann man eben nichts machen* oder *Mehr kann ich im Augenblick nicht sehen.* Da man andererseits weiß, wie sehr mich moralische Fragen beschäftigen, glaubt man immer, ich hätte den Ehrgeiz, der Geschichte eine Moral geben zu wollen, oder aber man glaubt, ich sei für einen solchen Ehrgeiz geschaffen. Ist nicht ein Kritiker[1] nach verschiedenen Liebenswürdigkeiten sogar so weit gegangen, mir das Talent eines Fabeldichters zuzuerkennen? Man hat zu voreilig ein gewisses Sichgehenlassen und einen falschen Anschein von Tiefe – der nichts dafür kann – mit der Fabel verwechselt. Den Ton für die Idee halten ist recht üblich, ich will sagen, recht plump.

… mein Liebling.
Sie werden sich einer Frau zuliebe niemals Telemach nennen, weil sich eine Frau keine andere Unsterblichkeit als die der Liebe vorstellen kann. Deshalb sind die Verliebten nicht so lächerlich wie die Literaten und die Politiker, die nur an ihre Statue denken, trotz allem Stolz, den ihnen eigentlich das Glück geben könnte; das erinnert mich an folgenden Dialog aus dem *Journal Officiel* vom 29. Oktober 1907:
Monsieur MAURICE BARRÈS: »Denn eine Statue …«

1 Monsieur Roger Allard, in der *Nouvelle Revue française* vom 1. April 1920.

Monsieur AYNARD: »Das ist die Strafe!«
Monsieur PÉCHADRE: »Sie, Monsieur Barrès, sind unsterblich!«
Monsieur MAURICE BARRÈS: »Es ist sehr liebenswürdig von Ihnen, das zu glauben, mein lieber Kollege.«
(Erneutes Lachen auf denselben Bänken.)

BUCH IV

Anderswo, irgendwann einmal.
»Diesmal«, sagte mein Freund R. A., »sieht man ganz deutlich, daß du plagiierst. Wells ...« In Wirklichkeit erschien mir die »Zeitmaschine« immer als eine recht dürftige Erfindung. Ich kenne diese Art von Reise zu sehr aus der Phantasie, als daß ich irgendein Fahrzeug für sie nötig hätte. Der ganze Text der ersten Flasche spielt auf eine Epoche meines Lebens an, in der es mir gelang, die Zeit nicht mehr zu berücksichtigen. Das war im Dezember 1918 im Elsaß, als ich mit einer Kompanie in das Dorf L ... am Rhein abkommandiert war: ich lebte in der vollkommensten Isolierung und konnte mich außerhalb meiner Dienstzeit nur mit Monsieur und Madame B. unterhalten, bei denen ich einquartiert war und die gerade einen Trauerfall hatten, der sie ganz in Anspruch nahm. Die Landschaft in diesem Teil der Welt ist die nackteste, die eintönigste, die man sich vorstellen kann. Nun geschah es, daß der Rhein über seine Ufer trat und stellenweise eine Breite von vier Kilometern erreichte. Das Wasser drang bis zum Dorf vor, das durch ein System von Deichen geschützt war, über die man in das Hinterland gelangen konnte. Einer dieser parallel zum Strom angelegten Deiche verlief quer durch die kahlen Wälder, die ihn säumen, und führte zu einem Jägerstand, in dessen Nähe ein großer Scheinwerfer, von dem plötzlichen Hochwasser überrascht, überschwemmt worden war. Auf diesem Deich verbrachte ich mein Leben damit,

die von den Baumstämmen behinderten Strömungen zu betrachten, und von ihm aus sah ich eines Tages die von der Flut davongerissene Pontonbrücke von S. wie eine Kompanie Haifische vor den Augen der Wilderer vorbeischwimmen. Letztere – es waren Soldaten oder aber die Bewohner eines benachbarten Weilers, die fast nur von diesem Gewerbe lebten – machten sich daran, Wild aus dem Wasser zu fischen. Die ertrunkenen, vom schlammigen Wasser mit fortgerissenen Hasen flitzten, den Bauch nach oben, an der Deichbrüstung vorbei. Doch das eindrucksvollste Schauspiel boten die Fasane: diese von der Sintflut erschreckten Vögel postierten sich auf die Äste der von den Fluten umspülten Bäume und wagten nicht mehr zu fliehen, halluziniert von der ständigen Spiegelung dieses strömenden Schlammes, der mit monoton betäubendem Rauschen das Unterholz überschwemmte. Sie starben lieber Hungers, als daß sie ihren Unterschlupf verlassen hätten, und plötzlich fiel einer von ihnen, wie ein wundervoller Stein, schwer ins verlockende Wasser, das ihn zum Meere davontrug. Mir ging es auf meinem Deich wie diesen Fasanen, und die Größe dieses Schauspiels hob jede Zeitvorstellung in mir auf[1].

In dieser Situation schrieb ich, nur um mich zu zerstreuen, die beiden ersten Kapitel von *Anicet,* die in meiner Vorstellung mit nichts verbunden waren und auf jeden Fall keinen Romananfang bildeten. Ich ging von Satz zu Satz, ohne mir darüber Gedanken zu machen, was folgen würde, und ursprünglich sollte der Tischnachbar meines jungen Mannes dieser Goethe

1 Die Leser von *La mise à mort* werden hier die erste Skizze dessen erkennen, was in jenem Roman zweiundvierzig Jahre später den Rahmen des Kapitels *Carnaval* bildet *(Anmerkung von 1966).*

sein, von dessen Erinnerung diese ganze Rheingegend erfüllt war – von der Moder an, auf der jedes Jahr der Prinz von Hohenlohe zu Schiff angefahren kam, um berühmte Schauspielerinnen Weimarer Gedichte vortragen zu hören, bis hin zu dem Dorf Sesenheim, wo unter dem Meisterwerk der modernen deutschen Kunst die Eltern jener Friederike Brion ruhen, die der junge Goethe auf der Gloriette besuchte, von der aus man die Straße nach Straßburg und manchmal, scheint es, die Turmspitze seines Münsters sehen kann[1].

Als ich mich anderthalb Jahre später über diese Gegend mit zwei Freunden, die sie kannten, ausführlich unterhielt, kam mir meine geistige Verfassung von Dezem-

1 *Das im vergangenen Jahr für die Œuvres romanesques croisées d'Elsa Triolet et Aragon* (Band 2) geschriebene *Vorwort* zu *Anicet* dementiert diese Behauptung, die sowohl in diesen unveröffentlicht gebliebenen *Anmerkungen* zu lesen ist als auch in einem ebenfalls für einen Bibliophilen Ende September 1930 verfaßten *Schlüssel zu Anicet,* dessen Text ich in jenem *Vorwort* wiedergebe. Die Stelle jenes Vorworts, die sich auf das Datum bezieht, an dem ich mit *Anicet* begonnen habe, lautet: ... *So stimmt es nicht, daß der Roman im November 1918 in Ludwigsfeste oder Fort-Louis, im Elsaß, begonnen und im Februar oder März 1920 in Paris beendet wurde, oder daß der Anfang* ohne Ahnung, daß es ein Roman werden würde, *niedergeschrieben wurde, nur, um mir die Langeweile zu vertreiben, in die mich die Überschwemmungen des Rheins versetzten. In Wirklichkeit finde ich in den Briefen eines damaligen Freundes unter dem Datum von Allerheiligen 1918 (also gerade nach meinem zehntägigen Urlaub in der zweiten Oktoberhälfte) eine sehr deutliche Anspielung auf das vierte* Anicet-*Kapitel. Diese vier Kapitel waren also damals bereits abgeschlossen, da ich sie ja im Urlaub hergezeigt hatte. Warum also die Lüge? Im Herbst 1930 respektierte ich noch die Vorurteile meines Milieus, und es wäre mir unangenehm gewesen, hätte ich sagen müssen, daß ich, wie es den Tatsachen entsprach, mit der Niederschrift von* Anicet *im September 1918 auf dem Chemin des Dames oder zumindest vor dem Chemin des Dames begonnen hatte – alles, was mit ehemaligem Frontkämpfertum zusammenhing, war bei uns ungern gesehen –, und die Versicherung:* ohne Ahnung, daß es ein Roman werden würde, *ist von der gleichen Art; denn einen Roman schreiben zu wollen, erschien uns nicht weniger geschmacklos als die Croix de guerre, deren ich mich schämen mußte. Usw. (Anmerkung von 1966.)*

ber 1918 wieder in Erinnerung, und ich schrieb die erste *Flaschenpost*, weniger *Telemachs* wegen als um mich an bestimmte Einzelheiten der elsässischen Landschaft zu erinnern: besonders an die sich weit ausdehnenden Wälder, in welchen die B. ein Jagdrevier besaßen.

... in alle Ewigkeit nur mehr der Herbergsvater zu sein. Die Wahl einer Karriere, wir würden sagen: eines Berufes, wenn wir Menschen wären, setzt, so dachte ich, mangelndes Bewußtsein oder eine außergewöhnliche Demut voraus. Später schien mir bei diesem Akt die Dummheit die größte Rolle zu spielen (man schaltet im Geiste vieles einfach aus und bewertet die Merkmale der Beschäftigung, die man sich aussucht, positiv). Ist das Problem der Berufung – jeder hat sich damit abgefunden – nun das der Quadratur des Kreises oder nicht? Wie gräßlich ist doch diese Resignation, die jedem Menschen um sein fünfzehntes Lebensjahr herum abverlangt wird. Heute weiß ich nicht mehr, was ich davon halten soll: man kann, glaube ich, an etwas mehr hängen als an seinem eigenen Leben, und gibt es denn, in einer bestimmten Situation, ein Opfer, zu dem wir nicht bereit wären?

BUCH V

... Eucharis Eucharis Eucharis ...
In einer gänzlich anonymen Nummer von *Proverbe (Monatsblatt zur Rechtfertigung der Wörter),* die Paul Éluard herausgab, hatte ich folgendes Gedicht veröffentlicht:

PERSIENNE[1]

Persienne persienne persienne
Persienne persienne persienne persienne persienne
persienne persienne persienne persienne persienne
persienne persienne persienne persienne persienne
Persienne persienne
Persienne ?

Irgendwer erinnerte mich daran, daß das bei Dickens steht, in *Dombey and son,* glaube ich[2].

1 Dt.: »Jalousie« (Anm. d. Ü.)

2 ... *Glaube ich* ist eine Litotes. Ich wußte es ganz genau. Das ist die Stelle in *Dombey and son,* wo der kleine Paul seine Schwester fragt: *Aber was sagt denn das Meer da immerfort, Florence, das Meer?* Niemand hatte mich daran erinnert, und wer hätte schon in *Persienne* dieses Rauschen des Meeres wiedererkannt? Natürlich sagt Dickens nicht, was das Meer da immerfort wiederholt. Zweifellos war ich mitten in der *Dada-Bewegung* zwischen zwei Schamgefühlen hin und her gerissen: einerseits schämte ich mich, Dickens zu zitieren, denn da hätte ich ja vor meinen Abenteuergefährten erröten müssen, andrerseits schämte ich mich, daß ich den anderen gegenüber dieses bizarre Gedicht nicht rechtfertigte, von dem meine Freunde ja gerade fanden, es sei legitim, daß es unerklärbar bleibe *(An-*

... meine kleine Goldlokomotive ...
Der betreffenden Frau begegnete ich in einem kleinen Café, das seiner Wandmalereien wegen »Café de la Marine« oder »Café des Colonies« heißt, auf dem Boulevard de l'Hôpital, genau gegenüber der Stelle, an der die Métro in die Erde eintaucht. Schon zwei Stunden lang hatte die Frau ganz allein in ihrem Winkel gesungen: *Das macht dennoch etwas aus,* ohne dabei aber die Melodie wiederfinden zu können, als ich es aufgab, die Ankunft der Person zu erhoffen, auf die ich hier wartete. Ich knüpfte mit meiner Nachbarin ein Gespräch an; sie behauptete, Pianistin zu sein, aber das wissen Sie ja schon. Sie wissen auch, daß sie mich ins Vertrauen zog und mir von ihrem Liebhaber erzählte, »der ein großer Kerl ist, in Ihrer Art«, wohlgemerkt. Er hieß Maurice: »Ob du es glaubst oder nicht, er hat mich keine zwei Mal beim selben Namen genannt. Er behauptet, er könne sich meinen Namen, der doch ganz einfach ist, nicht merken, ich heiße Jeanne. Seit er mit den Kalenderheiligen durch ist, gibt er mir zarte Kosenamen, aber keine allgemein üblichen wie: mein Zukkerputtchen oder mein süßes Schätzchen. Nein, er erfindet Sachen wie *mein Karamelbonbon* oder *mein Mietshaus,* nicht zu verstehen, wo er das alles herholt. Was hat er da neulich noch zu mir gesagt? *Mein Blutsiphon,* glaube ich, hat er gesagt[1].«

merkung von 1966). Persienne wurde in *Le Mouvement Perpétuel* aufgenommen (siehe Band II des *Œuvre poétique):*

1 Die Anekdote ist wahr, aber die herzigen Kosenamen sind frei erfunden, im Geschmack der damaligen Zeit. Die Namen, die jene Person aufgezählt hatte, der ich hier großzügigerweise den Namen der Nymphe gab, die bei Fénelon vorkommt, waren wohlverstanden meinem Kopf entsprungen. Sie waren sicherlich in anderer Weise extravagant *(Anmerkung von 1966).*

... Es stört der trübe Ton der Scheiben ... Ogygischer Schlager.

Als ich zwölf war, hatte ich eines Tages einen Hausaufsatz über folgendes Thema zu schreiben: »Während der Ernte verjagen die Feldarbeiter eines Bauernhofes mit Beschimpfungen die Ährenleserinnen, die ihnen gefolgt sind. Der Bauer des Hofes ruft diese mit freundlichen Worten zurück und ordnet an, man solle sie nach ihrem Belieben die Ähren auflesen lassen. Wieder zurück im Hof, versammelt er die Schnitter und erklärt ihnen die Beweggründe seines Handelns. Er sagt ihnen, Gott werde ihm das, was er aus Barmherzigkeit den Ährenleserinnen überlassen habe, in Form von Ernten vergelten.«

Ich drückte mich ziemlich lange vor der Arbeit über dieses Thema, und am letzten Tag – ich fühlte mich verloren – haute ich irgend etwas hin, und um meine Unwissenheit in Sachen moralischer Dialektik auszugleichen, streckte ich meinen Aufsatz, indem ich ein selbst verfaßtes Lied einfügte. Hier das Lied:

Kehrreim – Da war ein heiliger Nikolaus
Ganz aus Lebkuchen
Da war ein heiliger Nikolaus
Ganz aus Schokolade

Strophe – Meine Krone hatte sechs schöne Kleinodien
Zwei hätten genügt um ein Königreich zu bauen
Drei alte Schildknappen und hundert Dächer aus Stroh
Ich hatte Soldaten Hornbläser
Aber ich hatte darüber hinaus
Einen winzigen heiligen Nikolaus
(es folgt der Kehrreim) usw.

Eine gewisse Albernheit wird für Liebhaber der Folklore zur Qualität, und mein Lehrer glaubte mir, als ich ihm versicherte, das sei ein Lied aus der Beauce. Er war sogar so entzückt davon, daß er mir die Unzulänglichkeit meiner Moralabhandlung durchgehen ließ. Nicht um alles in der Welt hätte ich zugegeben, daß ich dieses Lied selbst verfaßt hatte. Ein Schamgefühl der gleichen Art hat mich veranlaßt, hier diesem schlechten Vierzeiler, der die leidenschaftlichen Worte ersetzt, die mir nie und nimmer irgendeine Eucharis zu inspirieren vermochte, eine Anmerkung beizugeben. Und so schlecht dieser Vierzeiler auch sein mag, so wollen wir doch zugeben, daß er das Tageslicht dem Zufall verdankt und dem Wunsche, irgend etwas zu sagen, als André Breton, einige Kameraden und ich in dem kleinen Café auf dem Boulevard Saint-Michel, in dem wir jeden Morgen nach Verlassen des Val de Grâce unseren Milchkaffee tranken, wieder einmal gemeinsam den Zeitungsroman gelesen hatten, den wir verfolgten, weil in ihm von Zeit zu Zeit Max Jacob oder Fernand Fleuret vorkamen. Da mir immerhin schien, daß dieser Vierzeiler schwer zu schlucken sei, behauptete ich einfach in dem Augenblick, in dem ich ihn verbrach, ich hätte ihn schon vor ein paar Jahren geschrieben, als ich noch klein war. Fragen Sie mich bloß nicht, wie er sich hat über Wasser halten können, um schließlich hier zu stranden, ich habe keine Ahnung, und diese Anekdote ist, ehrlich gesagt, von zweifelhaftem Interesse.

... Eucharis Eucharis Eucharis ...
Daß ich gerade nach dieser Anzahl von *Eucharis* aufgehört habe, veranlaßt Mademoiselle Vaure-Le Camus, die diese Anzahl etwas willkürlich findet, zu der Be-

merkung: »Du hättest noch lange so weitermachen können.« Mademoiselle Vaure-Le Camus kennt mich nicht erst seit heute. Aber nein, Mademoiselle, ich hätte nicht länger so weitermachen können; der beste Beweis: ich habe aufgehört, als ich nicht mehr weitermachen konnte. Sie müssen feststellen, daß ich nicht mit einem *da capo* am Rande des Manuskripts gemogelt habe. Sie müssen verstehen, daß mir dieses Kapitel mehr Mühe abverlangt hat als die anderen, und Sie müssen zugeben, daß das nicht jedermann geschrieben hätte.

BUCH VI

... diese lächerlichen Peripetien ...

Daß in dieser ganzen Geschichte kaum etwas erfunden ist, hat mich in einer bestimmten Epoche und vor allem an dem Tag, an dem ich die letzten Zeilen von Buch VI schrieb, schrecklich traurig gemacht. An der Ecke Rue de Buci–Rue de Seine war ein kleines Café, in das von allen Seiten der Wind hereinpfiff. In diesem Winkel ohne Horizont war ich an jenem Tag gestrandet, ein Wrack des Lebens. Um das Maß voll zu machen, erkannte der Kellner an der Theke einen Kriegskameraden wieder, und beide brachten sich gegenseitig ihre Feldzüge in Erinnerung. Und noch ein weiteres Mißgeschick: während ich doch im Café besonders gern mit Frauen plaudere, weil sie so reich an Erfahrung sind und in so einem indifferenten, überlegenen Ton über die Zukunft zu sprechen verstehen, saß in diesem Lokal, das ich weder für alles Gold der Welt noch für einen Glimmstengel verlassen hätte, unglücklicherweise nicht eine einzige Frau. Nicht eine einzige, mit Ausnahme dieser dicken Trampel, die hereinkamen, ein Glas Schnaps hinunterkippten und gleich wieder hinausgingen. Ich hatte als Gesprächspartner nur einen dieser Spielautomaten, von denen ich an anderer Stelle schon gesprochen habe, und der riß sich langsam den Inhalt meiner Geldbörse unter den Nagel. So wies ich den recht schlecht gekleideten alten Mann nicht ab, der neben mir Platz nahm. »Monsieur«, fragte er mich, »haben Sie Verlaine gelesen? Sie haben Verlaine gelesen.

Gut. Aber haben Sie Sillon-Lefèvre gelesen? Nein. Und da haben wir's: ich weiß nicht mehr, bin ich Verlaine oder Sillon-Lefèvre.« Ich bezahlte diesem sympathischen Gefährten, der so treffend mein eigenes Denken ausgedrückt hatte, einen Erdbeer-Chambéry.

... Ich habe verloren.

Etwas theatralisch, geben wir es zu. Die bequeme Entschuldigung, es handele sich um ein aus dem Leben gegriffenes Dokument oder irgendeine andere Grimasse, und sei sie auch noch so aufrichtig, streut niemandem Sand in die Augen. Ich gehe übrigens der Lächerlichkeit nicht gern aus dem Wege. Man nehme das, wie man will.

BUCH VII

Wir erinnern an diese Schüler ...
Dieser ganze Kapitelanfang stand ursprünglich im Mittelpunkt einer umfangreichen moralphilosophischen Abhandlung über das Gewissen und die Glücksvorstellung. Eine Zeitlang hatte ich bedenkenlos die Möglichkeit ins Auge gefaßt, ihm mehrere Brüder zu geben, und man kann eine Spur dieser Absichten auf der Rückseite des Titelblatts der Nummer 13 von *Littérature* finden, wo die Veröffentlichung von moralphilosophischen Essays im zweiten Jahrgang dieser Zeitschrift angekündigt wird. Diesen schönen Plan mußte ich wohl oder übel aufgeben, nachdem ich auf dem Gesicht meines Freundes Théodore Fraenkel, dem ich entlang der Arkaden der Rue de Rivoli diesen ersten Teil verpaßt hatte, eine grenzenlose Langeweile gelesen hatte, trotz seiner Anstrengungen, sich nichts anmerken zu lassen. Telemach erbte diese Ausführungen, die es mir ersparten, zur Sache zu kommen und mich wieder mit Ethik zu beschäftigen.
Im Jahr meiner Erstkommunion erzählte mir eines Tages auf dem Nachhauseweg von der Schule mein Freund Guy R. d'A., nachdem er mich hatte schwören lassen, es niemandem weiterzuerzählen, auf welche (ein bißchen schematische) Weise man Kinder macht. »So was muß man machen, um Kinder zu bekommen!« rief ich mit einem solchen Ausdruck des Ekels, daß eine sehr vornehme Dame, die gerade vorbeiging, diesen kleinen Jungen mit Baskenmütze und Pelerine mu-

sterte und rot wurde wie die Troddel auf meiner Mütze[1].

Eine bezaubernde Überraschung.
Dieses kleine Gewerbe verdankt dem Krieg einen neuen Aufschwung. Der Bettler trägt diskret ein gelbes Bändchen, das alles besagt. Er handelt sehr schnell, während die Frauen voll wissenden Mitleids mit dem Kopf nicken. Das hier abgedruckte Papier wurde mir, wie gesagt, auf der Terrasse von Rougeot, Boulevard Saint Germain, gegeben.

Der Herrgott.
»Glauben Sie an Gott?« fragte mich die Frau, der ich diese Stelle vorgelesen hatte. Ich glaubte antworten zu können, ohne darüber nachdenken zu müssen. Seit jenem Tag fühle ich mich weniger festgelegt; nicht ohne Grund ist mir plötzlich in dem Augenblick, in dem nichts sein Kommen ankündigte, der Name Gottes, wenn nicht gar er selber erschienen. Diese Offenbarung ist so viel wert wie jede andere, sie erscheint mir ziemlich sicher. Doch würde diese Frage weiteres Nachdenken verlangen[2].

1 Siehe den Kommentar hierzu im Vorwort (1966) zu diesen *Anmerkungen.*

2 Ein *Blatt der Anmerkungen* ist verlorengegangen. Soweit ich mich erinnere, handelte es sich dabei um eine relativ lange Abhandlung über die Existenz Gottes und die Unmöglichkeit, Gott zu lästern, wenn man nicht an ihn glaubt. Diesen Gedanken wird man später in *Les Communistes* (um 1950 herum) und in *Le Fou d'Elsa* (1963) wiederfinden. 1922 verletzte die Ernsthaftigkeit dieser Ausführungen vermutlich das Schamgefühl des jungen Mannes, der ich war: es ist durchaus möglich, daß das fragliche Blatt nicht verlorengegangen ist, sondern von ihm zerrissen wurde. Ich kann es nicht mit absoluter Sicherheit behaupten. *(Anmerkung von 1966)*

Bitte umblättern:

Michel Tournier

Freitag oder im Schoße des Pazifik
Band 5746
›Es gibt großartige Passagen in diesem Roman, die ebenso lebendig wie phantasievoll und poetisch sind ... Sie bilden einen Kontrast zu anderen Passagen, in denen wir einen Schriftsteller entdecken, der ein leidenschaftliches Interesse für Philosophie, Geistes- und Naturwissenschaften und Technik beweist. Man ist entzückt vom Reichtum seiner Sprache.‹ *›Le Monde‹*

Der Wind Paraklet
Ein autobiographischer Versuch
Band 5313
Phantasievoll und eigenwillig beschreibt Tournier sein Leben, seine Arbeit und die Welt drumherum. Ein intellektuelles Lesevergnügen.

Der Erlkönig
Band 5793
›Der Roman gehört zu jenen Werken, die mit ihrem Ende nicht zu Ende sind, die weiterwirken, weil sie die Leser irritieren und bestürzen – Literatur, die über sich hinausweist.‹ *Bremer Nachrichten*

Zwillingssterne
Band 5792
Ein durch und durch hinreißend verrücktes Buch, das, nebenbei, vorzüglich übersetzt ist. Es ist ein sinnliches, ein erotisches Buch. Es handelt von Mythen, Urmythen, das alles aber in einer ganz modernen Welt.

Die Familie Adam
Band 5859
Wie in seinen großen Romanen belebt Tournier auch in dieser Sammlung von Erzählungen alte Mythen neu und (er-)findet überraschend verblüffende Wendungen und Schlüsse.

Fischer Taschenbuch Verlag

fi 351/2

Raymond Queneau

Raymond Queneau, geboren 1909 in Le Havre, gestorben 1976 in Paris, war Romancier, Poet, Cineast und Kritiker und gehört zu den bedeutendsten französischen Autoren dieses Jahrhunderts. Er studierte Philosophie, arbeitete als Bankbeamter und Handelsvertreter, ab 1938 als Lektor im Verlag Gallimard, wo er seit 1945 die ›Encyclopédie de la Pléiade‹ leitete.

Das intime Tagebuch der Sally Mara
Roman. Band 5832
»... Die irische Göre Sally Mara – eine ältere Schwester der Zazie – kennt weder Furcht noch Respekt. Sie untersucht Männer und Liebe so sachlich wie der Monteur ein noch unbekanntes Getriebe.«
Der Spiegel

Man ist immer zu gut zu den Frauen
Roman. Band 5833
In dieser Geschichte vom Dubliner Osteraufstand von 1916 entlarvt Raymond Queneau in Dialogen von verblüffender Komik die falschen Parolen von Helden- und Mannestum.

Odile
Roman. Band 5878
»Surrealismus, Mathematik und Liebe verbinden sich in diesem Buch zu einer der schlichtesten Apotheosen des Lebens, die man sich denken kann: Kritik am Irrationalen, Zweifel am Rationalismus, Bekenntnis zum Herzen.«
Mannheimer Morgen

Fischer Taschenbuch Verlag

fi 426/1

Louis Guilloux

Louis Guilloux wurde 1899 als Sohn eines Schuhmachers in der Bretagne geboren und starb 1980 in seinem Geburtsort Saint-Brieuc bei Finistère, wo er meist auch gelebt hat. Für sein umfangreiches Gesamtwerk, dessen erstrangige Bedeutung in der französischen Literatur des 20. Jahrhunderts immer stärker hervortritt, erhielt Guilloux 1964 den französischen Nationalpreis der Literatur und 1978 den Großen Literaturpreis von Nizza.

Coco Perdu
oder Der unerwartete Abschied
Erzählung. Band 5245

Guilloux erzählt von einem einfachen Rentner, der den Lebensabend mit seiner offenbar viel jüngeren Frau in einer kleinen Stadt verbringt. Eines Tages will seine Frau für unbestimmte Zeit nach Paris, und Coco bleibt allein zurück, etwas hilflos, um die Sicherheit seiner Alltagsgewohnheiten gebracht. Er wartet auf einen Anruf oder auf eine briefliche Nachricht, doch der Brief kommt nicht. Coco stellt fest, daß seine Frau ihr ganzes Erspartes mitgenommen hat und ihn folglich wohl für immer verlassen hat...

Die Tragik, auf die diese Erzählung hinausläuft... Guilloux dämpft sie auf das Maß des einfachen Helden zurück, der weder zerreißende Verzweiflung noch heroischen Kampf kennt... unsentimental, ohne Pathos und mit den einfachsten Mitteln.«

Frankfurter Allgemeine Zeitung

Das Volkshaus
Roman. Band 5326

Ein »zärtlicher Realist« ist Louis Guilloux in der Frankfurter Allgemeinen Zeitung genannt worden; seine »tiefe humane Anteilnahme« zeigt sich auch in diesem Roman, der zu den bedeutendsten Werken der Weltliteratur über das Leben der arbeitenden Bevölkerung gehört.

Fischer Taschenbuch Verlag

fi 160/1

Elias Canetti
Nobelpreisträger

»Canetti verfügt noch über jene Magie, die wesentliche Botschaft der Menschen und Dinge zu hören, und es geschieht dies ohne Mystik, da er imstande ist, sie von innen her zu verstehen. Seine Kunst ist eine sorgfältig versteckte Kunst des Erkennens.«
Wolfgang Kraus

Das Gewissen der Worte
Essays. Band 5058

Die Blendung
Roman. Band 696

Die Fackel im Ohr
Lebensgeschichte 1921 bis 1931
Band 5404

Die gerettete Zunge
Geschichte einer Jugend
Band 2083

Die Provinz des Menschen
Aufzeichnungen 1942 bis 1972
Band 1677

Die Stimmen von Marrakesch
Aufzeichnungen nach einer Reise
Band 2103

Masse und Macht
Band 6544

Der Ohrenzeuge
Fünfzig Charaktere
Band 5420

Dramen
Hochzeit / Komödie der Eitelkeit / Die Befristeten
Band 7027

Fischer Taschenbuch Verlag

fi 185/1

Cesare Pavese

Am Strand
Roman. Band 5303
Vier Männer umkreisen eine begehrenswerte Frau. Allen gemeinsam, ist ihre Angst vor Gefühlen, ihr Unvermögen sich zwischen Hingab und Selbstbewahrung zu entscheiden.

Der Genosse
Roman. Band 5302
Nach seinen Erfahrungen im antifaschistischen Widerstand konzipierte der wichtigste neorealistische Erzähler Italiens seinen Roman. Schauplätze sind Rom und Turin.

Der schöne Sommer
Roman. Band 5899
Pavese schildert den vergeblichen Versuch einer jungen Frau, aus der Einsamkeit ihres Ichs zu entfliehen und in der Hingabe an die Umwelt ihre Sehnsucht nach Selbstverwirklichung zu befriedigen.

Unter Bauern
Roman. Band 5304
Ein durch die Tyrannei des Clan-Ältesten, eintönige Arbeit und durch einen Hang zum Verbrechen gebrandmarkter junger Bauernbursche ermordet seine Schwester, zu der er inzestuöse Beziehungen unterhielt. Mehr noch als für die eigentliche Romanhandlung interessiert sich Pavese für die politischen Hintergründe, vor denen die Handlung abläuft.